書下ろし

待伏せ

風烈廻り与力・青柳剣一郎⑩

小杉健治

祥伝社文庫

目次

第一章　でっち上げ

一

　雲の切れ間から射し込んだ朝陽を断ち切るように、木刀が振り下ろされた。構えを戻し、剣之助《けんのすけ》はさらに気合もろとも木刀を振り下ろす。もろ肌脱いだ上半身は筋肉でたくましく盛り上がっていた。

　何度も素振りを繰り返している剣之助の表情が苦痛に歪《ゆが》んでいる。まるで自分の肉体をいじめているかのようだ。

　しばらく眺めていた剣一郎《けんいちろう》は剣之助に声をかけた。

「剣之助。久しぶりに相手になろう」

　剣一郎も手に木刀を握《にぎ》っていた。

　一瞬迷ったふうに思えたが、剣之助は体の向きを変えた。

「お願いいたします」

剣之助は左足を後ろに引き、木刀を正眼《せいがん》に構えた。

江戸柳生《やぎゅう》の流れを汲《く》む真下《ました》流の剣一郎と違い、剣之助は直心影《じきしんかげ》流を学んでいる。師からも剣の天分を褒《ほ》められるほどの腕前だった。

剣一郎も半身から正眼に構え、木刀を剣之助の目につけた。

凄《すさ》まじい気合から、剣之助が右足を後ろに引き、大上段に構えを直してから間合いを詰め、面を目掛けて打ち込んで来た。剣一郎は下から木刀を払った。

激しく木刀がぶつかり合い、さっと離れた。剣之助は休むことなく、またも面を目掛けて踏み込んで来た。

剣一郎は腰を落とし、横から剣之助の胴を打った。だが、剣之助は切っ先三寸で剣一郎の攻撃をかわした。

剣一郎ははたと困惑した。剣之助の目は異様に光っている。敵に挑《いど》む剣客《けんかく》の目だ。なぜだ。なぜ、これほどの気力で打ち込んで来るのだと、剣一郎は防戦一方になりながら、剣之助に圧倒された。

これ以上やれば、どちらかが怪我《けが》をする。

「これまで」

剣一郎は木刀を引いて大声を張り上げた。

はっとしたように、剣之助は踏み込もうとした足をあわてて止めた。

「剣之助、腕を上げたな」

「失礼します」

一礼して引き下がり、剣之助は井戸のほうに向かった。

剣之助が先に出仕したあと、剣一郎は多恵《たえ》に手を借り、裃《かみしも》に着替えた。

「先程の稽古《けいこ》。恐ろしゅうございました」

清楚《せいそ》で美しいという評判だった娘時分とまったく変わらない多恵の顔が曇った。

「ああ、さすが、師匠から剣の筋を褒められただけのことはある」

「でも、なぜ、剣之助はあれほど……」

あれほど真剣になっていたのかと、言いたかったのであろう。

剣一郎も気になることを思い出した。立ち合っているときの剣之助の目だ。まるで、敵を倒すという真剣勝負の目だった。

単なる稽古ではなかった。もし、あれ以上続けていたらどうなったかと思うと、ぞっとした。

「剣之助の様子に注意を払ったほうがよいかもしれぬ」

「私もそう思います」

珍《めずら》しく、多恵も剣之助のことに危惧《きぐ》を覚えたようだった。

ここ数ヶ月、剣之助は口数が少なく、ときたま考え込むことが多くなった。本人は気づいていないようだったが、何らかの壁にぶち当たっているのか、あるいは奉行所内で何かあったのか。

だが、悩みは誰にもある。それを乗り越えておとなに成長していくのだ。

剣一郎は、そう自分に言い聞かせた。


奉行所に出て、与力詰所で文机《ふづくえ》に向かっていても、見習いの剣之助の姿が目の端に入ると、今朝のことを思い出し、そのことを考えていた。

突然、部屋の外が騒がしくなった。廊下を駆ける足音がした。

剣一郎は部屋を出た。

「どうしたのだ」

通り掛かった当番方の工藤兵助《くどうへいすけ》に、剣一郎は声をかけた。

「木下《きのした》さまが厠《かわや》でお倒れになりました」

「木下さまが……」

木下伝右衛門《でんえもん》は市中取締諸色調掛《しちゅうとりしまりしょしきしらべがか》りの与力である。歳は五十近い。

剣一郎が駆けつけると、木下伝右衛門が厠の入口に足を向けて仰向けに倒れていた。顔は土気色《つちけ》だ。軽い鼾《いびき》が聞こえる。

「医者は？」

「今、呼びに行きました」

市中取締諸色調掛りは、市中の商品の価格の取締りをする役で、商品の不当な値上がりを監視している。

その掛りの筆頭の与力であった。

年番方与力の蒲原与五郎《かんばらよごろう》が剣一郎の背後から声をかけた。

「どうしたのだ？」

蒲原与五郎は宇野清左衛門《うのせいざえもん》の次に位置する長老格の与力であった。

細身ながら、がっしりした体格で、色白の顔に思慮《しりよ》深い目と気品を漂わす高い鼻梁《びりよう》。決して、ひとを傷つけない小さめの口許《くちもと》。与力・同心から絶大なる信頼を得ている。

「木下さまが急にお倒れになったそうにございます」

「なんだと」

蒲原与五郎はひとをかき分けた。

「伝右衛門」

蒲原与五郎は倒れている木下伝右衛門の傍《そば》にしゃがみ込み、

「伝右衛門、しっかりせよ」

と、声を振り絞《しぼ》って叫んだ。

廊下には筆を手にした者や、書類を持った者なども集まって来て、木下伝右衛門の容体を心配していた。剣一郎は、木下伝右衛門が鼾をかいていることが気がかりだった。

「まだか。医師はまだか」

いつも冷静沈着な蒲原与五郎がうろたえている。

ようやく、奉行所お抱えの医師がやって来た。

「さあ、早く」

蒲原与五郎は医師を急《せ》かした。

医師は木下伝右衛門の目を見、心臓に手を当てた。そして、厳しい顔で、応急手当てを施したあと、

「中風《ちゅうふう》ですな。どなたか、静かにお運びくだされ」

と、誰にともなく命じた。

ふとんを敷いた戸板に木下伝右衛門を乗せ、市中取締諸色調掛りの下役同心が四人で担《かつ》いで空いている部屋に運んだ。

「どうなのだ？」

蒲原与五郎が医師にきく。

「命は何とか取り留めましょうが、あとは……」

「あとは何だ？」

「半身が言うことをきかなくなるかもしれません」

「なんと」

蒲原与五郎は吐息を漏《も》らしてから、すぐに医師のあとを追った。

いつの間にか、宇野清左衛門が傍に来ていた。

「あんなに取り乱した蒲原さまをはじめて見ました」

「蒲原どのと木下どのは、同い年で、共に同じ時期に見習いをはじめた。ふたりは仲がよかったからな」

宇野清左衛門は表情を曇らせた。

蒲原与五郎はいざというとき、気が動転し、取り乱してしまうような精神面の脆《もろ》さを持っているひとなのではないかと、剣一郎はそのとき思った。

「まあ、命に別状はないということであるから」

宇野清左衛門が言った。

ようやく集まっていた者たちはそれぞれの持ち場に引き上げた。その中に、剣之助の姿もあった。

今朝の剣之助の殺気《さっき》に満ちた目を思い出し、剣一郎の頰《ほお》の青痣《あおあざ》がなぜか疼《うず》き出した。

二

蒲原与五郎は、奉行所内の一室に横たわっている木下伝右衛門の傍にいた。用心して、今夜は動かさないほうがいいというので、一晩、この部屋で過ごすことになったのだ。家族の者はまだ来ない。

木下伝右衛門の意識はまだ戻る気配はない。さっきから眠っている、木下伝右衛門の顔を見た。

眉根《まゆね》を寄せ、口を半開きにして、苦しそうな表情に見える。

木下伝右衛門とは六歳のときにいっしょに手習いを始め、また、いっしょに四書五《ししょご》経《きょう》の素読も武術の稽古もやり、与力見習いとして奉行所に出仕したのもいっしょだった。

その友人が病に倒れた。与五郎はやりきれなさに顔をしかめた。目の前に横たわっているのは同じ年の男とは思えなかった。十も二十も年上の老人であった。

（伝右衛門、しっかりしろ）

与五郎は心の内で声をかけた。

しかし、この姿は明日の我が身かもしれないと思うと、すっと冷気が体に染みていくような錯覚がした。

奉行所の人間は自分のことを沈着冷静な性格だと見ているようだ。だが、違うのだと、与五郎は思った。

自分の本心を明かし、生の自分になれるのは木下伝右衛門の前だけだった。伝右衛門の前なら、泣くことも出来た。弱音を吐くことも出来た。その親友が病に倒れた。命を取り留めても、半身不随になるかもしれない。

医師がやって来た。それを潮に、部屋から出た。

年番部屋に戻っても、仕事が手に付かなかった。書類に目を落としていると、すぐに木下伝右衛門の姿が蘇《よみがえ》って来る。

夕方七つ（午後四時）になって、蒲原与五郎はもう一度、木下伝右衛門を見舞った。相変わらず、同じ姿勢で眠っている。

逃げるように部屋を出た。

帰宅する与力、同心たちで門付近は混み合っていた。

蒲原与五郎は槍持《やりもち》、中間《ちゆうげん》、若党、草履取り、挟箱持《はさみばこもち》を従え、奉行所を出た。

心が重たかった。木下伝右衛門の苦しそうな顔が頭から離れなかった。明日の自分かもしれないと、またもその考えにとらわれた。

どうもやりきれない。きのう顔を出したばかりだが……と、ふと、おたまの顔を蘇らせた。すると、たちまち霧が晴れるように心が軽くなった。

蒲原与五郎は半年前から秘密を抱えていた。小網《こあみ》町二丁目の末広河岸《すえひろがし》の近くに、おたまという女を囲《かこ》っているのだ。

おたまは二十三歳。丸顔で、受け口の唇が色っぽい。おたまを得てから、蒲原与五郎のいったん衰えかけた生命の火が再び燃え盛ってきた。まだ、自分に若い女を喜ばせる力が残っているとわかったことは大きな自信になった。

おたまのことを考えながら楓《もみじ》川沿いを行くと、晩春の夕風が気持ちよかった。木下伝右衛門のことも家族のこともすべてを忘れられた。

八丁堀の屋敷に戻った。与五郎は敷地を半分以上、町人に貸している。冠木門《かぶきもん》を入り、玄関に行く。だが、いつもそこで真冬の風を浴びたように昂《たかぶ》った気持ちが一瞬にして萎《な》える。

妻女の瑞枝《みずえ》が無表情で迎えに出た。瑞枝のわがままそうな顔を見ると、蒲原与五郎は全身に鳥肌が立つような気がするのだ。

年番方は昇進の最高位であり、付け届けも多く、屋敷も立派である。瑞枝はその年番方の与力の妻として相応《ふさわ》しい器量を持った女だった。

瑞枝は、妾《めかけ》を囲っていることに気づいてはいない。そこは十分にうまくやっている。まさか夫がそこまでするような男とは思っていないのだ。ある意味では信用している。

だから、もしおたまのことを気づいたら、どれほど騒ぎ、喚《わめ》くか、想像がつかない。気性の激しい女なのだ。

「また、すぐ出かける」

目的を言う必要はない。役儀のことで出かけるのだと、思っているはずだ。

「わかりました」

与五郎は黒の着流しに着替え、博多《はかた》帯を締めた。

「そうそう、伝右衛門がきょう倒れた」

「倒れた？」

瑞枝は驚いた顔で、

「いったい、どうしたのですか」

「厠に立った折り、具合が悪くなってそのまま意識をなくした」

「ご容体は？」

「うむ。まだ意識は取り戻していないが、命には別状ないだろうと医師は言っていた」

「それはようございました」

「ただ、治っても半身が麻痺《まひ》する可能性が大きいようだ」

与五郎は沈んだ声になった。

「まあ」

瑞枝は絶句した。

瑞枝も、伝右衛門をよく知っている。与五郎と伝右衛門は、お互いの屋敷を行ったり来たりして酒を酌み交わす仲なのだ。

おたまのことを唯一知っているのが伝右衛門だった。おたまへの思いを打ち明けると、伝右衛門はかえって喜んだ。

「おまえのように仕事一途ではひとの情などわからん。妾を持つのは結構なことだ」

伝右衛門は賛成してくれたのだ。

与五郎は供もつけずに、屋敷を出た。

末広河岸までそう遠くはない。途中で、懐《ふところ》から頭巾《ずきん》を取り出してかぶった。

きょう訪れるとは、おたまはまったく思っていない。いきなり顔を出したら、さぞ驚くことだろう。

最初は驚き、目を疑い、そして、喜色を満面に浮かべて抱きついてくる。そんなおたまの姿を想像した。

おたまはいつも与五郎が顔を出すと、子どものようにはしゃぎ、家にいる間はぴたっとくっついたままで、片時も与五郎から離れようとしない。そして、帰るときは悲しそうな顔をするのだ。

そんなおたまも、閨《ねや》の中では一変する。与五郎が目を見張るほどに乱れ、喘《あえ》ぐのだ。おたまが快楽に身を委《ゆだ》ねている顔を見るだけで、若さが戻ってくるのを感じる。

覚えず、頭巾の中の顔をにやつかせながら、江戸橋を渡り、さらに堀留《ほりどめ》川を越えると、もう小網町である。

末広河岸にある瀬戸物《せともの》問屋の角を曲がると、突き当たりの黒板塀の小粋《こいき》な家まですぐだ。だが、いつも他人に気づかれないように大回りをし、裏側からおたまの家に向かう。

与五郎は用心深く、家の前に立ち、素早く格子戸《こうしど》を開けて土間に入った。

ふと、雪駄《せった》が目に入った。だが、気にせず、

「おたま。わしだ」

と、声をかけた。

与五郎は頭巾をとり、刀を腰から外して上がった。

居間に行くと、長火鉢で鉄瓶が湯気を上げているが、おたまはいない。

買物にでも出かけているのかと思って、刀を縁起棚の下の壁に掛け、長火鉢の前に腰を下ろした。

と、襖《ふすま》が開いて、おたまが現れた。襦袢《じゅばん》の上にあわてて着物をひっかけたという感じだった。髪が乱れ、青白い顔をしている。

「おたま、いたのか。どうした、顔色が悪い」

与五郎は心配した。

「旦那さま。申し訳ありません。ちょっと頭が痛くて横になっていたものですから」

おたまはほつれ毛をかき上げた。

「それはいけない」

木下伝右衛門のこともあるので、与五郎は腰を浮かせた。

「少し休みましたから、もうだいじょうぶです」

おたまは顔を背けているように思える。

予想とは違ったおたまの態度に、与五郎はなんとなく面白くなかった。何かおかしい。いつもと様子が違う。

「今、お酒をつけます」

台所に立ったおたまの後ろ姿を目で追う。白い足首が艶《なまめ》かしく目に飛び込む。

与五郎は長火鉢の銅壺《どうこ》にお湯が入っているのを見た。燗《かん》をしたのか。おたまはひとりで酒を呑んだのか。

腑《ふ》に落ちないまま、与五郎は煙草盆を引き寄せた。おやっと思った。灰吹《はいふき》に、刻《きざ》みの燃えかすがあった。

「びっくりしました。いきなり、来られた……」

徳利を持って来たおたまの声が途切れた。与五郎が煙草盆を見ていたのに気づいたようだ。

おたまの顔が強張《こわば》っている。

与五郎はふと悪臭を嗅《か》いだような不快感に襲われた。

(まさか……)

胸の鼓動が速まった。

いきなり、立ち上がり、与五郎は刀を持って奥の部屋に向かった。

襖に手をかけようとしたとき、おたまが飛んで来た。

「旦那さま。散らかっていますから恥ずかしい」

おたまは与五郎の胸にしがみついてきた。いつもなら可愛いと思う仕種が、今はよけいに不審を募らせた。

「退《ど》け」

「あっちで落ち着きましょう」

「おたま。そこを開けろ。開けるんだ」

胸を締めつけられるようだ。呼吸もうまくできなくなって、息苦しくなっていた。

「何もないって言っているでしょう」

その言い方も、いつものおたまではなかった。ふと、さっき土間で見たものがまざまざと蘇ってきた。雪駄があったのだ。

与五郎は逆上した。

おたまを突き飛ばし、襖を開いた。

行灯《あんどん》の明かりは消えていた。暗い部屋の中にひとの気配がする。

「誰だ」

荒い呼吸が聞こえてきた。

「おたま。明かりを持て」

与五郎が怒鳴る。

しかし、おたまは震えているだけだった。

与五郎は長火鉢の横にあった行灯を持ち、部屋に引き返そうとした。そのとき、いきなり何者かが飛び掛かってきた。

反射的に、与五郎は片手に持った刀を鞘《さや》のまま振った。

鈍い音と悲鳴がした。若い町人らしき男が腹を押さえてうずくまった。

与五郎は逆上した。

「貴様。何奴だ？」

刀の鐺《こじり》を、男の頸《くび》に突きつけた。

「旦那さま。私の兄でございます」

おたまが与五郎の腰にすがった。

「兄だと？」

与五郎に新たな怒りが込み上げてきた。

「偽《いつわ》りを申すな」

与五郎はおたまの頬を殴《なぐ》った。

「なにをするんだ」

男が刀の鞘を払い除け、与五郎に摑《つか》みかかってきた。与五郎はその手首をあっさり摑んだ。

「おい。おまえはおたまの何なのだ。おたまと何をしていた？　言わぬと」

与五郎は男の腕をねじ上げた。

男が悲鳴を上げた。

「旦那さま、兄です」

おたまが泣きながら訴える。

「兄と妹があんな暗い部屋で何をすると言うのだ。おたま、この男はおまえの間夫《まぶ》だな。正直に言わぬと、こうだ」

また、与五郎は男の腕をひねった。

「やめて」

おたまが悲鳴を上げた。

「そうよ。あたしの大事なひとよ」

「おたま、おまえは俺を裏切って……」

与五郎は頭の中が真っ白になっていた。

「もうお暇《ひま》をもらいます。お暇をください。きょう限り、私はこのひとといっしょに暮らします」

与五郎は啞然《あぜん》としておたまを見た。目はつり上がり、別人のようになっていた。自分が今まで慈《いつく》しんできた女ではなかった。

「おたま……」

与五郎は呆然《ぼうぜん》と呟《つぶや》いた。

おたまを失いたくない。だが、屈辱が与五郎を錯乱させている。

無礼討《ぶれいう》ちにしてくれようか。だが、あとが面倒だった。自分のことが明るみに出てしまう。

謹厳実直《きんげんじっちょく》という周囲の目が、与五郎を躊躇《ちゅうちょ》させた。

力が緩《ゆる》んだのを察して、男が与五郎の手を振りほどいた。

はっと気づいて男を取り押さえようとしたとき、おたまが与五郎の腰にしがみついた。

「政《まさ》さん、逃げて」

おたまが叫んだ。

「放せ」

振りほどこうとしたが、髪をふり乱し、おたまが必死に腰にしがみついている。

「おたま」

男が叫んで、与五郎に摑みかかってきた。

「ええい、放せ」

与五郎は男を突き飛ばした。

「逃げて」

男は部屋を飛び出した。

「待て」

やっとおたまを突き放したとき、格子戸が乱暴に開く音が聞こえた。

外に追って行くことは出来なかった。近所の者に顔を見られる可能性があった。

やむなく引き返した。

おたまが肩で息をしていた。

与五郎は改めておたまを見下ろした。

「いつからだ。いつから、あの男と？」

興奮から顔が引きつり、声も喉《のど》に引っかかった。嫉妬《しっと》の炎が燃え上がっている。

おたまは不貞腐《ふてくさ》れたようにそっぽを向いた。

「この売女《ばいた》」

与五郎はおたまの頬を殴った。

悲鳴を上げて、おたまは畳に顔から倒れた。簪《かんざし》が落ちた。髷《まげ》が解け、髪がばさっと垂れた。乱れた裾《すそ》から、太股《ふともも》が覗《のぞ》いている。

「おまえはわしの腕の中で、好きだと言っていた。あれは嘘だったのか」

「ふん。当たり前さ。おまえのような爺《じじい》に満足していられるか」

「きさま」

何か憑《つ》き物がとりついたかのように、おたまはまったく人相が変わっていた。

「ここを出て行く。手切れ金をちょうだい」

「なんだと？」

「くれないなら、あんたのこと、お番所に訴えるわ。与力の旦那に弄《もてあそ》ばれたって」

「おのれ」

某藩の留守居役だと嘘をついていたが、一度寝物語に、ほんとうは南町奉行所年番方与力、蒲原与五郎であると打ち明けたことがあった。心底、おたまに惚《ほ》れたからだ。

己の失態に、与五郎はうろたえた。

おたまは優位に立ったと悟《さと》ったのか、体を起こした。白い胸元が目に飛び込んだ。

与五郎は頭の中が真っ白になった。

嫉妬の嵐と己の失態に気づき、すっかり自分を見失った。ただ、おたまの姿態がなまめかしく目に映った。この女を、もう二度と抱くことが出来ない。そう思うと、頭に血が上った。

与五郎は一匹の飢《う》えた狼になっていた。目はぎらつき、口から涎《よだれ》を垂らし、おたまに襲い掛かった。

おたまの体を抱き、隣の六畳間のふとんに押し倒した。

おたまが悲鳴を上げた。与五郎はあわてておたまの口を押さえた。おたまは手足をばたつかせた。

白目を剝《む》いた必死の形相《ぎようそう》のおたまに、与五郎は憎しみを覚えた。なぜ、そんな目でわしを見るのか。そう叫ぼうとしたが声にならなかった。

いつの間にか、自分の手がおたまの喉にかかっていた。だが、与五郎は自分が何をしているのかわからなかった。ただ、全身に力を込めていた。どのくらい、力を入れていたか、覚えていない。

やっと力を抜いたが、手足が強張《こわば》っていた。

馬乗りになって、自分の右手がおたまの頸にかかっていたのに、与五郎は改めてはっとした。

おたまの鼻から血が出ていた。

「おい、おたま。どうした？」

おたまの頬を叩《たた》き、おたまの体を揺すぶった。だが、反応はない。

(死んでいる)

瞬間、与五郎は心の臓が凍《こお》りつくのを感じた。

逆上していた気持ちも一遍に醒《さ》めた。

たいへんなことになったと、狼狽《ろうばい》した。

与五郎は深呼吸を三度繰り返し、気持ちを落ち着かせた。

刀で斬り殺したのなら無礼討ちにしたという言い訳が通じるかもしれないが、頸を絞めて殺したのだ。

　武士にあるまじき行為であると同時に、それは単なる殺しでしかない。

（逃げなければ……）

　やっと、いつもの冷徹な自分を取り戻してきた。

　与五郎は部屋の中を見渡す。身元を示すようなものがないか、入念に辺りを見回した。日頃から、自分の身元が割れるようなものは持ち込まないように注意をしていたことが、幸いだった。

　与五郎は懐から頭巾を取り出してかぶり、外の様子を窺《うかが》い、用心深く、その家を出て行った。

　気がかりは、与五郎の身分をおたまが誰かに喋《しゃべ》ってないかということだった。喋るとすれば、政と呼ばれたさっきの男だろう。

　明日にでも、おたまの死体が発見されたら、あの男は訴え出て来るかもしれない。おたまの旦那は、南町奉行所与力、蒲原与五郎という男だと。

（しかも、あの男はわしの顔を見ている）

　与五郎は江戸橋を渡ってから頭巾を外した。楓川沿いに海賊《かいぞく》橋までやって来たとき、向こうから提灯《ちょうちん》の明かりがやって来るのを見た。

先に与五郎が海賊橋を渡った。すると、背後から声をかけられた。

「蒲原さまではありませぬか」

どきっとして、与五郎は立ち止まった。

足音が迫った。胸が潰《つぶ》れそうになった。

与五郎は振り返った。羽織に着流しの、定町廻り同心八島重太郎《やしまじゅうたろう》だった。岡っ引きの吉蔵《きちぞう》と御用箱を持った小者が従っていた。

「おう、重太郎か」

日頃から目をかけている八島重太郎の顔を見て、与五郎はほっとした。

羽子板のような平べったい顔に、刃《やいば》のような鋭い目つき。色は浅黒く、表情を読み取れない不気味さのある男だった。

与力・同心は壱番組から五番組までに分かれて編成されており、蒲原与五郎は弐番組に属し、定町廻りの八島重太郎も同じ組に属していた。

「木下さまがたいへんなことになったそうで」

重太郎は言う。

「そうなのだ。もう、仕事を続けて行くのは無理だろう」

「蒲原さま。ご心配でしょう。ご心痛、お察しいたします」

与五郎は何気なく腰に手を当て、おやっと思った。何か違和感があった。

急いで印籠を取り出した。

あっと、小さく叫んだ。

「蒲原さま。どうなさいましたか」

「いや」

根付《ねつけ》がない。さっき争っているときにむしりとられたのかもしれない。あの部屋のどこかに落ちている。

与五郎は顔面から血の気が引くのがわかった。

(やはり、俺は窮地に追い込まれている)

ひとりでは、この窮地からの脱出は無理だ。与五郎は意を決した。

「重太郎。どうだ、ちと付き合わぬか」

岡っ引きの手前、与五郎はそう誘った。

「構いません」

重太郎は言ってから振り返り、

「吉蔵。ここでいいぜ。おめえも先に屋敷に帰っていろ」

と、小者にも命じた。

「そうですか。じゃあ、旦那。また、明日の朝、お屋敷に」

吉蔵は与五郎にも会釈《えしゃく》をして、海賊橋を渡って引き上げ、小者も先に屋敷に戻った。

「蒲原さま。なにかございましたか。困ったことが出来たのなら、私にお任せください」

重太郎は、与五郎の顔色を見て何かを察したようだ。

「重太郎。困ったことになったのだ」

与五郎の深刻そうな顔つきに、重太郎も厳しい顔になって言う。

「薬師《やくし》の近くに一杯呑み屋があります。そこで」

「よかろう」

重太郎と共に、与五郎は茅場《かやば》町薬師の近くにある一杯呑み屋の暖簾《のれん》をくぐった。

重太郎が懇意《こんい》にしている呑み屋らしく、亭主は二階の小部屋を貸してくれた。

「ここなら話が漏れませぬ」

重太郎は声をひそめて言う。

梯子段《はしごだん》を上がるとき、呼ぶまで来ないようにと、重太郎は亭主に告げてあった。

「蒲原さま。いったい何があったんでございますか」

重太郎が声をひそめた。

「わしはたいへんなことをしてしまった」

「お聞きいたしましょう」

「じつは……」

言いよどんでから、与五郎は思い切って口に出した。

「女を殺してしまった」

「女を？」

重太郎は太い眉を微《かす》かに動かしただけだった。

「蒲原さま。今、その死体はどこにありますか」

どうしてだときく前に、重太郎は死体のありかを問題にした。

「小網町に借りている家の中だ」

「まだ、見つかってはいないのですね」

「ない」

「では、ご安心ください。なんとかなります」

重太郎は表情を和《やわ》らげた。いや、必死にどうするか考えているのだろうが、与五郎には自信に満ちた態度に思えた。

「しかし、もうひとり男がいた。女の間夫だ。きょう、わしが家に行ったら、その間夫が来ていたのだ。それで、おたまも居直った。その間夫にわしは顔を見られている」

「その男は逃げ出したのですね」

「そうだ。もし、取り押さえたら、斬り殺していたかもしれぬ。それから、根付を落とした。あの家でだ」

「根付？　あの三猿の、ですか」

「そうだ。あの根付だ」

精緻《せいち》な細工の根付で、高価なものだ。与五郎があの根付を自慢していたことは、周囲の人間は皆知っている。

「わかりました。では、最初からお話しください」

「おたまは、池之端仲町《いけのはたなかちょう》の『菊《きく》もと』という料理茶屋の仲居だった。一度、その茶屋に上がったとき、おたまを見かけた。丸顔の可愛い女だった。そのとき、妙にわしに馴《な》れ馴れしかった。二度目に、偶然外で出会った。そのとき、わしはある藩の留守居役だと名乗り、それとなく世話をしたいと持ちかけたのだ」

与五郎はおたまを妾にする経緯《いきさつ》から事件までのことをいっきに喋《しゃべ》った。

「政という男に会ったことがあるのですか」

「いや。初めてだ。どうせ、遊び人だ。わしからもらった金をおたまはその男に与えていたに違いない」

与五郎は腹が立ってきた。

「順序としては、政という男が逃げたあとに、おたまが死んだということですね。蒲原さまがそこから出て行くのを、誰かに見られましたか」

「いや。見られていないはずだ」

「そうですか」

重太郎は角張った顎《あご》に手をやった。

「蒲原さま。料理茶屋の仲居だったということですが、それ以外におたまのことについて詳しくお話をしていただけますか」

「うむ。おたまは二十三。丸顔……」

与五郎は重太郎の問いに答えていった。

「何か顔に特徴は?　どこかに黒子《ほくろ》があるとか」

「左の眉尻に小さな黒子があるぐらいだ」

「出身は?」

「相模《さがみ》の国だと聞いている」

　重太郎がなんのために、おたまのことを詳しくきくのかわからなかったが、与五郎は何でも答えた。

「それから、蒲原さまはその家に入るところを誰かに見られたことは？」

「何度かは見られていたと思う。だが、わしはいつも頭巾を被っておったので顔までは見られていない」

「なるほど。頭巾をかぶった侍は見ていたのですね。その頭巾はお持ちですか」

「これだ」

　与五郎が懐から頭巾を出した。

「この頭巾をどこでお買い求めに？」

「柳原《やなぎわら》の土手下にある古着屋にあったのだ。おたまの家に行くときのために買った」

「すると、蒲原さまが頭巾をお持ちのことを知っている者は誰もいないのですね」

「いない」

「これを拝借してよろしいでしょうか」

「構わぬ」

　重太郎はさすがに有能な同心だ。手抜かりなく、情報を引き出していく。

「蒲原さま。あとのことは、この八島重太郎にお任せください。そして、このことはお忘れください」

「重太郎。だいじょうぶか」

「ご安心を」

「しかし、根付が……」

「なあに、なんとでもなります」

「うむ。重太郎。恩に着るぞ」

重太郎の顔を見ていると、ほんとうに何事もなかったかのように、僅かながら心が安らいできた。

安心したとたんに、急に空腹を覚えた。夕飯をとっていなかったのだ。

それを察したのか、重太郎は手を叩いた。

梯子段を上がる足音がして、女中が顔を覗かせた。

「酒を頼む。肴《さかな》は適当に見繕ってな」

重太郎は注文した。

「蒲原さま。じつは、私のほうもちと困ったことがありまして」

「なんだ、わしに出来ることなら」

「成田《なりた》の喜久三《きくぞう》という男がおります。この男は女を抱えて商売……」

梯子段を上がって来る足音がしたので、重太郎は声を呑んだ。

やがて、障子が開いて、女中が酒を持って来た。そして、続けて、肴を運んで来た。

「これはうまそうだ」

鯛《たい》の塩焼きと大根の煮つけ、それに白子《しらこ》が出てきた。

与五郎はさっそく箸《はし》をつけた。

女中が去ったあと、重太郎はさっきの話の続きをした。

「成田の喜久三は、客の男と売女を外で待ち合わせさせ、出会茶屋で売春をさせているのです。客は商家の旦那が主なのですが、中には武士もおります。なにしろ、外で会って、ふたりで出会茶屋に入るというふつうの売春とは違う趣《おもむ》きが人気を呼んでいますが、そうなると、そのやり方を真似する者が増えて来た。このままでは、いつか取締りが厳しくなり、手入れが入るやもしれない。喜久三はそれを心配しているのでございます」

「なるほど。重太郎は成田の喜久三と親しいわけか。つまり、手入れがあった場合には、喜久三のところを外して欲しいということだな」

「恐れ入ります」

重太郎は成田の喜久三から付け届けを受け取っているのに違いない。

「わかった。成田の喜久三に大っぴらにやらずに少し控《ひか》えるように伝えよ。それから、その他の業者を調べ上げておけ」

「畏《かしこ》まりました」

与五郎は酔いがまわってきたが、やはり心の隅に重たいものが漂っていた。罪の意識というものはない。自分を裏切った女だ。ただ、おたまを失ったことが惜《お》しく思えてきた。その喪失感がだんだん堪え難いものになっていった。

三

その夜、剣一郎は濡れ縁に腰を下ろし、庭を眺めていた。椿《つばき》の赤い花が闇に溶けている。晩春とはいえ、肌寒い。

多恵がやって来た。

「まだ、剣之助は戻っていません」

「剣之助は今、奉行所内のことで悩んでいるのかもしれないな。与力、同心とはいえ、やはり、同じ人間のやること、そこには表もあれば裏もある。おべっかを使ってうまく振る舞う者もいれば、他人を誹謗《ひぼう》中傷する者もいないわけではない。わしにも覚えがあるが、事件が起きても身分の高い者には手が出せなかったり、また付け届けの多寡によってお目溢《こぼ》しをしたり、そういったことに怒りを覚えたものだ」

「そうですわね。剣之助は純粋なところがありますから、そういった現実に直面してさまざまな矛盾《むじゅん》を感じているのかもしれませんね」

でも、と多恵は眉をひそめて言った。

「志乃《しの》どののことは気持ちの整理がついたのでしょうか」

「志乃が結婚するということか。まさか、そのことがまだ尾を引いていることはないであろう。失恋ぐらいで、そこまで動揺するような女々しい男ではあるまい」

「そうですわねえ」

剣一郎が危惧《きぐ》したのは、剣之助は奉行所内で何らかの不正を目にしてしまったのではないかということだった。

一途な性格は、ある意味では無茶に走る可能性がある。剣一郎はそんな危惧を、剣之助にも持っていた。

ふと思い出したのは、深川《ふかがわ》佃町《つくだ》の岡場所『和田屋《わだや》』の娼妓《しょうぎ》およしだ。

およしは深川の漁師の娘で、目は垂れ下がって色黒の顔にそばかすがあり、世辞にもよい器量とはいえない。だが、ひとを包み込むような温かみがある。剣之助はそう言っており、このおよしを姉のように慕《した》っていた。

ひょっとしたら、およしには悩みを打ち明けているかもしれない。

「木下さまもご心配ですね」

多恵がしんみり言う。

「まあ、命には別状ないということだが」

しかし、もう与力の職は続けられないかもしれない。

ひとの運命などわからないものだ。もし、自分が病気で倒れたら、と剣一郎は考えてみた。

剣之助はちゃんとやっていけるだろうか。おとなびたとは言え、るいだってまだ十五歳だ。

あと数年は父親が必要ではないか。

「ご自分が倒れたらとお考えですか」

その言葉にびっくりして、多恵の顔を見た。

「どうして？　ひとの心が読めるのか」

「いやですわ。木下さまの病気の話をしていて、急に深刻そうな表情になりましたもの。たぶん、我《わ》がことに置き換えているのではと考えたまでですわ」

多恵は微笑《ほほえ》んだ。

「そのとおりだ。今、俺が倒れたら、どうなるかと思ってな」

「剣之助もるいもまだまだこれからですもの。でも、一番困るのは私です」

しんみり言う多恵がいとおしかった。

「俺だって、そなたのことが心残りで死に切れぬ」

「あら、ふたりで何をそんな親密そうに話をしていらっしゃるのですか」

いきなり、るいの声がしたので、剣一郎はあわてた。

「なんだ、いつからいたのだ？」

「あら、父上。何をそんなにあわてていらっしゃるのですか」

「いや、別にあわててなどおらぬ」

「つい今です。おふたりの会話は聞いていませんからご安心ください」

るいはませた口調で言う。

剣一郎は苦笑するしかなかった。

「そうだ、るい」

すっかりおとなびて美しくなった娘に目を細めた。

「はい。何か」

「剣之助のことだが」

「兄上の？」

るいの表情が心なしか曇ったように思えた。

「最近の剣之助をどう思う？」

「はい。最近の兄上はいつもと様子が違います」

「違う？　どのようにだ？」

「この前、妙なことを言っていました」

「どんなことだ？」

「好きなひとが出来たのかとか、それは長男なのかとか、父上や母上を大事にとか」

剣一郎は笑みを引っ込めた。

「なんだか、兄上がどこかへ行ってしまいそうで。いつか話したでしょう、兄上が涙を流していたことを」

るいは真剣な眼差しを向けた。

「兄上、好きなひとがいるのではないでしょうか」

「好きなひと？」

「はい。最近の兄上は剣術にも打ち込んでおいでです。あんなに夢中になっているのは、心の中が好きなひとのことでいっぱいになっているからではないでしょうか」

「どうして、そう思うのだ？」

「だって、男のひとがあんなに一途になれるなんて、それしかないのではないでしょうか。違いまして」

剣一郎は驚いた。そうやって切り込んでくるところなど、多恵の独身時代にそっくりだ。あっという間におとなになっていく娘に、剣一郎は戸惑いを隠せなかった。

「るいの言うとおりかもしれない。剣之助は好きな女のことで悩んでいるのであろう」

「なんとか、ならないのでしょうか」

るいは膝《ひざ》を進めた。

「兄上の悩みは片恋ではありません。好き合っていながら結ばれない苦しみを味わっているのだと思います」

ふと、今自分は多恵と話しているのではないかという錯覚がした。きのうよりきょうのほうがはるかにおとなになっている。そんな感じだった。

ひょっとしたら、るいのほうが剣之助より精神的にはおとななのかもしれないと思った。

「そのうち、剣之助と話し合ってみる」

「お願いいたします」

「それより、何か用があるのであろう」

「はい。母上に」

るいは多恵に顔を向けた。

「母上、鼈甲《べっこう》の櫛《くし》がどこにも見当たりません。どこにあるか、ご存じありませぬか」

「おや、またですか」

多恵が呆《あき》れたように言う。

「明日、お出かけにしていこうと思うのです」

「いつぞや、湯殿に忘れてありました。そこを探しましたか」

「あら、そう言えば……」

るいは目を輝かせて立ち上がった。

「ほんとうにしょうがない娘。ちょっと行って来ます」

苦笑して、多恵もるいを追った。

しっかりしてきたと思っても、ある面ではまだまだ子どもなのだ。剣之助だって、そうだろう。

剣之助と同い年ぐらいのとき、自分はどうだったろうかと、剣一郎は目を閉じた。

剣一郎には兄がいた。自分の目から見ても遥かに優秀で、そして、何ごとにも一途だった。兄は十四歳で与力見習いとして出仕し、有能さは誰からも認められていた。

父や母は兄に目をかけていたが、剣一郎には何の期待もしていなかった。そのことが、子どもながらによくわかっていた。

青柳《あおやぎ》家は当然、兄が継ぎ、次男坊の剣一郎はどこぞに養子に行く以外に世に出る機会はなかった。だが、そうそう恵まれた養子先があるわけではない。もし、養子先が見つからなければ、一生部屋住で肩身の狭い思いで生きていかねばならない状況だった。

だから、ずいぶん荒れていた。

そうだ、あの頃の俺は世を拗《す》ね、ひがみっぽく、いらついていて、よく町でごろつきと喧嘩《けんか》をしたものだった。

あれは元服をして間もないときだった。ある居酒屋で、金もないのに酒を呑み、たまたま居合わせたごろつき三人と喧嘩になり、店の中を目茶苦茶にし、相手にも怪我をさせたことがあった。

与力だった父が奔走し、剣一郎はお咎《とが》めを免《まぬか》れたが、それ以来、剣一郎の存在は父や母の頭痛の種となった。

あちこち、剣一郎の養子先を探していたようだ。

今から思えば、自分も拗ねていたとはいえ、ずいぶん親を困らせたものだ。それに比べたら剣之助のほうがまだましなのかもしれない。

もし、兄にあのようなことがなかったら、自分はどうなっていただろうか。

またも、五体を引き裂かれるような痛みに襲われた。

兄の死という予想だにせぬ事態が出来《しゅったい》したのは、剣一郎が十六歳のときだった。

兄とふたりで外出した帰り、商家から飛び出して来た強盗一味と出くわしたのだ。

与力見習いだった兄は剣を抜いてたったひとりで対峙《たいじ》した。兄は正義感の強いひとだった。

剣一郎は、真剣を目の当《ま》たりにして足が竦《すく》んでしまった。助太刀に入らなければと思いながら、体が動かなかった。

兄は強盗を三人まで倒したところで四人目に足を斬られた。うずくまった兄に四人目の浪人が斬りかかろうとした。助けに入らねばと思いながら、剣一郎は剣を抜いたまま立ちすくんでいた。

目の前で兄が斬られた。それを知って、剣一郎は逆上して浪人に斬り付けていった。兄を斬った刀で浪人は剣一郎に向かってきたが、剣一郎は夢中で腰を落として相手の胴を払った。

そこにようやく町方が駆けつけてきた。剣一郎は兄に駆け寄った。兄は苦しい息の下から何かを言おうとした。が、言葉を伝えぬまま事切れた。

そのときの光景は二十年近くたった今もまざまざと覚えている。一生消えることはないだろう。

兄の非業の死に父と母は悲嘆の涙に暮れた。なぜ、あのときすぐに助けに入れなかったのか。剣一郎が加勢をすれば兄は殺されずにすんだのだ。

兄の非業の死によって、剣一郎は兄に代わって家督を継ぐことになった。部屋住の悲哀から解き放たれたのだ。

その代わり、兄を助けなかったという負い目を生涯背負うことになった。ことに、剣一郎の胸を抉《えぐ》ったのは、兄の許嫁《いいなずけ》りくの言葉だった。

兄が亡くなって数年後、りくが別の男の所に嫁ぐことになって父と母に挨拶《あいさつ》にきた。その帰り、廊下で出会った剣一郎に、りくが浴びせたのだ。

「あなたの心の奥に兄上が死んでくれたらという気持ちがあったのではありませんか。あなたはわざと、助けに入らなかったのです」

違う。俺はほんとうに怖くて助けにいけなかったのだと反論しようとしたが、剣一郎は言葉が出なかった。

ひょっとして、俺の心の中に兄の死を願った思いが生じていたのか。いつしか、そう考えるようになっていた。

この一月、そのりくを見かけた。富《とみ》ヶ岡《おか》八幡宮から、りくが自分の娘らしい若い女と女中を伴って出て来たのだ。

もし、兄上が生きていたら、この家にいるのは兄上であり、りくだ。おそらく、剣一郎が多恵を娶《めと》ることもなく、したがって剣之助もるいも生まれなかった。

不思議なものだと、剣一郎は思った。

さっきから頬の青痣が疼いていた。この痣を受けたのは、剣一郎が当番方与力のときだった。押込み事件が発生し、捕物出役《とりものしゅつやく》に出た。そして、剣一郎は単身で賊の中に踏み込んで行った。賊を全員取り押さえたが、そのときに受けた傷が、今は青痣となっている。

なぜ、あのような無謀な真似が出来たのか。

兄の死のことで負い目を感じていた剣一郎は自暴自棄《じぼうじき》になっていたのだ。決して、剣一郎が正義感に燃えた勇気ある人間だからではなかった。だが、周囲は剣一郎の勇気を讃《たた》えた。

それ以来、その青痣は正義と勇気の象徴のように思われ、剣一郎は青痣与力と言われるようになった。

その夜、剣之助は帰ってこなかった。

四

一夜明けた。朝陽に照らされ、川面は輝いている。日本橋川を八丁櫓《はっちょうろ》の船が魚市場に向かい、酒樽を積んだ船や米俵や野菜を積んだ船が走って行く。

岡っ引きの吉蔵は小網町二丁目に来ていた。

瀬戸物問屋の角を曲がると、黒板塀の小粋な家が見えて来た。

家の前は野次馬でごった返していた。家の中を覗こうとする者に、自身番の者が注意をしている。

吉蔵に気づくと、野次馬がさっと散った。吉蔵は胴長短足で、鬼瓦《おにがわら》のような顔の頬に一寸ほどの刀傷があり、いっそう不気味な印象を与える。まだ三十三歳だが、四十近い男のように思える。

家の中に入ると、小柄な年配の家主が青い顔で待っていた。

「あっ、親分さん」

「とんだことになったな。ちと死体を見せてもらうぜ」

「はい」

まだ検死役人がこないので、死体はそのままの状態だった。

居間は四畳半で、長火鉢が置いてある。次の間との襖が倒れていた。茶碗がひっくり返り、争ったような跡がある。

次の間は六畳で、ふとんが敷いてある。そのふとんに頭を載せる恰好で、女が仰向けに倒れていた。髪は乱れ、口にかかっている。裾はめくれ、太股が剝き出しだった。

おどけたように舌をちょこっと出しているが、白目を剝き、苦悶に満ちた表情だった。頸に痣があった。絞められた跡だ。

歳の頃は二十二、三。丸顔だ。体の硬直具合から、死後半日ぐらいかと見当をつけた。

「この女は？」

吉蔵は改めて家主にきいた。

「はい。おたまさんと言います。半年ほど前からここに住んでおります」

「旦那持ちか」

「はい。さようでございます。どこかの藩の御留守居役だそうですが、私は会ったことはありません」

「お侍か。この家を借りるのも、この女がひとりでやったということか」

「さようでございます」

「で、死体を見つけたのは誰なんだ？」

「通いの婆さんです。今朝早くやって来て、死体を見つけたのです」

濡れ縁の突き当たりにある厠の前で、おどおどしている年寄りがいた。

「おまえさんが、死体を見つけたのかえ」

「はい。私はいつも朝早く来て、買物をしたり、夕飯の支度をしたりしています」

「きのうは誰か、訪ねて来ることになっていたのかえ」

「それはわかりません。でも、旦那さまが来られる日ではありませんでした」

「旦那というのは、いつも決まった日に来るのか」

「そうでもありませんが、旦那さまがやって来るときは、お酒や肴の支度もいたします。きのうはそのことは言われませんでしたから、旦那さまは来ないのだとわかりました」

「旦那と会ったことがあるのかえ」

「はい、何度か見かけたことはあります。でも、いつも頭巾を被っていたので、顔はわかりません」

そこに、手先の松助《まつすけ》の声がした。

「親分」

「おう、こっちだ」

吉蔵は声をかけた。近所の聞き込みにやらせていたのだ。

「あっ、親分。聞き込んできやした」

松助の顔つきから何か摑んで来たことがわかった。

「婆さん。また、あとで訊ねるかもしれねえが」

「はい」

婆さんを残し、松助を奥の部屋に呼んだ。

「親分。ゆうべ暮《くれ》六つ（午後六時）頃、この家で、男女が言い争うような騒ぎ声がしたのを何人かが聞いておりやした」

「暮六つか」

死体の状況からして死んだのはその時分であろう。

「それから、前の乾物屋の女房が、遊び人ふうの男がこの家から逃げるように出て行ったのを見ていやした」

「遊び人ふうの男だと？」

「へい。暗くてよくわからなかったようですが、二十半《なか》ばぐらいだと」

吉蔵は家主に向かい、

「二十半ばぐらいの遊び人ふうの男に心当たりはないかえ」

「いえ、ありません」

それから、手伝いの老婆に同じことを聞いた。

「はい。何度か、そのひとがやって来たことがあります。そのひとのことを、旦那には内緒にしてと、内儀《かみ》さんは言っていました」

「男の名前を知っているかえ」

「内儀さんは、そのひとのことを政さんと呼んでいました」

「政か」

政吉《まさきち》、政次郎《まさじろう》、政三《まさぞう》……。おそらく、そんな名前なのだろう。

「婆さん、すまねえが、もう少し待っててくれねえか」

「はい」

同心の八島重太郎を呼びにやっているのだ。八島の旦那が、この老婆から話を聞くことがあるかもしれないので、引き止めておいたのだ。

やっと、入口で八島重太郎の声がした。

「旦那、こっちです」

吉蔵は呼んだ。

「おう、吉蔵。遅くなった」

「まず、死体を」

「うむ」

と、いくぶん緊張した面持ちで、重太郎は吉蔵のあとに従って格子造りの家に入っていった。

死体の傍に向かう。

「頸を絞められていやす」

吉蔵が指で押したような頸の痣を示した。

重太郎は片膝をついてしゃがみ、死体を検《あらた》めた。

「若いな」

「へえ。二十三歳だそうです。名はおたま」

重太郎は黙って頷《うなず》いた。

「死体の硬直状態からして、死後半日ってとこです」

「きのうの夜か」

「へい。じつは、近所の何人かが、昨日の暮六つ頃に、この家から騒ぎ声を聞いているんです」

「騒ぎ声？」

「言い争うような男と女の声が聞こえたそうです。それから、この家から、遊び人ふうの男が飛び出して行くのを見ていた者がおりやした。その男、血相を変え、かなりあわてていたそうです。その男は、おたまの間夫だったのかもしれません。おたまは政さんと呼んでいたそうです」

「どうやら、そいつが殺しに絡んでいるようだな」

重太郎はその男が下手人であるかのように言い、

「で、死体を発見したのは誰なんだ」

「通いの婆さんです。そこに待たせてありますが」

「いや、いい。このやまはそんな難しくはなさそうだな。とりあえず、政という男を探すことだ」

「へい。わかりやした」

「頼む」

重太郎は部屋の中を何かを探すように目を這《は》わせた。そして、隣の部屋にも行った。

「吉蔵、何か落ちていなかったか」

「いえ、なんにも。何ですね」

「いや、なければいい」

もう一度、重太郎は部屋の中を見回して、家を出て行った。

いってえ、旦那は何を探しているのだと、吉蔵は不審に思った。

そう言えば、ゆうべ、与力の蒲原与五郎と出会った。それから、あの旦那は蒲原与五郎とふたりで話し込んだようだ。

定町廻りに推《お》してくれたのが蒲原さまだという話だが、そんなことは俺には関係のねえことだと、吉蔵は思った。

聞き込みのために走り回って、夕方になって家主のもとを訪れ、それからおたまの家に戻ったとき、頭巾をかぶった武士がおたまの家の前に立っていた。

格子戸の忌中の張り紙を見ている。

さてはと思い、吉蔵はその武士のもとに走った。

「お侍さま」

吉蔵は声をかけた。

「何か」

武士が振り返った。

「失礼でございますが、おたまさんをお訪ねで」

「さようだが」

戸惑ったように、武士が答えた。

「じつは、おたまさんはお亡くなりになりやした」

「なんだと」

頭巾の奥の目が鈍く光った。

「いったい何があったのだ？」

「殺されたのです」

武士は格子戸を開けて中に入った。

吉蔵もあとについた。

居間で、おたまが北枕で寝かされており、頭の上の経机《きょうづくえ》の上で線香が上がっていた。

「おたま」

武士は屈み込んで、白い布をそっと持ち上げた。

「おたま。どうしてこんなことになったのだ」

しばらくしてから、武士が振り返った。

「いったい、何があったのだ」

「じつは、ゆうべ、何者かに頸を絞められて殺されておりました」

「なんと酷《むご》い」

「失礼でございますが、お侍さまはおたまさんとどのような？」

吉蔵は確かめるようにきいた。

武士は静かに頭巾をとった。白髪混じりの老武士の顔が現れた。薄い眉で、目尻の下がったおとなしそうな顔をした侍だった。

「せっしゃは大浦亀之進《おおうらかめのしん》と申す。このおたまの面倒を見ていた」

「大浦さまですか。で、失礼でございますが、どちらの御家中でいらっしゃいますか」

　すると、大浦亀之進は戸惑ったような顔つきになり、

「どうか、それればかりはご容赦《ようしゃ》願えまいか」

「しかし、下手人を捕まえるためですから協力してもらえませんか」

「下手人はわかったのか」

「まだ、でございます」

「まだとな」

　大浦亀之進は無念そうに口許を歪《ゆが》めた。

「大浦さまは、政と呼ばれる若い男をご存じじゃございませんか」

「政……」

　大浦亀之進は思い出したように、

「いつぞや、煙草入れが忘れてあった。おたまを問い質《ただ》すと、以前付き合っていた男が、一度ここにやって来た。そのとき忘れていったのだと言っていた。なにもやましいことはしていないと必死に言い訳をしておったが。確か、そのとき、男のことを、

おたまは政さんと呼んでいたように思う」

「さようでございましたか」

「その政という男がおたまを殺したのか」

「はっきりしたことはわかりやせんが、その可能性は高いと思いやす」

「せっしゃが来ない日には、その政という男が度々ここにやって来ていたに違いない」

吉蔵は遠慮がちにきいた。

「政なる男が、なぜ、おたまさんを殺したのか、そこがわかりません」

「おそらく、おたまは別れ話を切り出したのだ。それに逆上して」

「そうでございますね」

吉蔵はすとんとは腑《ふ》に落ちなかった。

「ところで、おたまさんとはどこで知り合ったのでございますか」

「おたまは、池之端仲町の『菊もと』という料理茶屋にいた。そこで、知り合い、縁が出来たのだ」

大浦亀之進は深呼吸をし、

「せっしゃの妻は三年前から床に臥《ふ》しており、その寂しさもあっておたまと知り合い、夢中になった。可哀そうなことをした」

「お察しいたしやす」

「きのう、訪ねてくれればよかった。じつは、虫の知らせなのか、ゆうべは無性におたまに会いたくなった。だが、ゆうべに限って、妻が発作を起こし、医者騒ぎをしてしまった。もし、妻に何事もなければ、ここに来ていただろう。さすれば、おたまをこんな目に遭わせることはなかったのだ」

　大浦亀之進は顔をしかめた。

　そこに、家主がやって来た。

「大家どのか。このたびは厄介《やっかい》をかける」

　大浦亀之進は丁寧に頭を下げた。

「どうか、これでおたまの供養《くよう》をしていただきたい」

　大浦亀之進は三両の金を出した。

「いえ、とんでもありませぬ」

「いや。世話になった御礼の標《しるし》じゃ。じつは、今夜はおたまに渡す手当てを持って来たのだ。もう、それも渡せなくなった」

　大浦亀之進は目を閉じた。

「それでは、ご供養のつもりで使わせていただきます」

家主は押しいただくように三両を受け取った。

僧侶がやって来て、通夜の読経をはじめた。大浦亀之進は五つ（午後八時）過ぎまでいて引き上げた。

政という男が姿を現すかもしれないと思って張り込んでいたが、それらしき男はやって来なかった。

「大浦さまは立派なお侍さんだ」

家主が感心して言う。

吉蔵は何かひっかかるものがあった。それを、ずっと考えていた。だが、今の家主の言葉から、吉蔵はその疑問の正体に気づいた。

大浦亀之進はここにやって来るときには頭巾をかぶって顔を隠し、それこそ人目につかないようにしていた。

なのに、きょうの大浦亀之進は堂々と顔を出し、通夜にもずっといっしょにいた。

それまでの行動とどこか違うような気がするのだ。

なぜ、自分の正体を隠そうとしなかったのか。

それに、もう一つ、腑に落ちないところがあった。それははっきりしたことではないが、可愛い女を殺されたにしては、あまり悲しんでいるように思えないことだ。

確かに、悲しみの色は見せた。しかし、どこか他人ごとのように感じられた。気のせいだろうか。


翌朝、吉蔵は八丁堀の組屋敷に、八島重太郎を訪ねた。

髪結いが帰ったあとで、ひげそり跡の青々した顎《あご》をなでながら、

「どうだ、少しは進展があったか」

と、八島重太郎がきいた。

「へえ。おたまの旦那ってのが現れました。さる御家中のお侍で、大浦亀之進というお方です」

「そうか。旦那が顔を出したか」

「どうやら、大浦さまの訪れない日に政と呼ばれる間夫が、おたまの所にたびたび顔を出していたようです」

「それで、政のことは何かわかったのか」

「いいえ、まだ。今、おたまが以前に働いていた池之端仲町の料理茶屋を当たらせています。おそらく、その頃からの付き合いじゃねえかと思われやす」

「そうかもしれねえな」

「ただ」

吉蔵が小首をかしげた。

「ただ、なんだ？」

「あの大浦亀之進って侍がちと気になるんです」

「気になる？」

「へえ。べつにてえしたことじゃねえんですが、あのお侍、ほんとうにおたまの旦那なんだろうかと、思いましてね」

「どうしてだ？」

重太郎の目が鈍く光った。

「いや、これと言って、しかとした証拠があるわけじゃないのですが」

「でも、なんだ？」

「へえ。いや、てえしたことじゃ」

「なんでもいいから言ってみな」

珍しく、重太郎は執拗《しつよう》だった。

そこで、吉蔵は大浦亀之進が素性をあっさり打ち明けたことや、おたまを失った悲しみにどこかよそよそしさがあるということを話した。

「ちっ、そんなことか。そりゃ、大浦亀之進にしてみれば、自分が可愛がった女が殺されたんだ。ちゃんと供養《くよう》してやりたいと思ったんだろうぜ。そのためには、素顔を現さなきゃならねえ。あまり悲しんでいねえと感じたのは、おめえの印象だけだ。武士ってのは、人前では涙なんて流さねえものだ。ましてや、あの歳だ」

「えっ？」

「なんだ？」

「旦那。大浦亀之進をご存じなんですかえ」

「何故だ？」

「今、歳を知っているような口ぶりだったもので」

「武士が若い女を囲うっていうんだ。ある程度、歳を喰《く》った侍だろうってことは想像つくじゃねえか」

　重太郎は平然と言った。

「どうだ、若い侍じゃねえだろう」

「確かに、若くはありませんが、年寄りでもありません。四十半ばというところでしょうか」

「吉蔵。そんなことより、早く政って男を捕まえろ」

「へえ」

吉蔵はなんとなく釈然としなかった。

「じゃあ、旦那。あっしはこれから池之端に向かいやす」

「うむ。頼んだぜ」

八島重太郎の屋敷を出て、池之端に向かった。

やはり、あの大浦亀之進という侍が気になる。それまで、誰もあの侍の顔を見たことがないというのがひっかかるのだ。

かといって、その疑いを裏付けるものは何一つない。ともかく、政という男を捕まえてからのことだと思いなおし、吉蔵は神田《かんだ》から筋違《すじかい》御門を潜り、御成道《おなりみち》から池之端仲町に向かった。

池之端には手先の松助がすでに行っている。

池之端仲町の『菊もと』はそこそこの大きさの料理茶屋だった。その門の前に、松助が待っていた。

「親分、わかりましたぜ。政って男のことが」

「よくやった」

「政吉っていい、『菊もと』の板前だったそうです」

「板前か？」

「なかなかの男前で、女からは人気があったそうです。板前の腕はいいのに、博打《ばくち》と酒で身を持ち崩し、一年ほど前に『菊もと』をやめさせられたそうです」

「器量のいい仲居と色男の板前か。こりゃ、出来ないほうがおかしいってものだ」

「おたまは、下谷車坂町《したやくるまざかちょう》の長屋に住んでいたそうです。女将《おかみ》を待たせてあります」

「よし、会ってみよう」

吉蔵は門を入った。

この時間、料理茶屋はまだ閑散としている。

松助が先に玄関に入り、女将を呼んだ。

小肥《ぶと》りの女将が出て来た。たるんだ頬が愛敬《あいきょう》のある顔にしている。

「さっきの話をもう一度、吉蔵親分にしてくんな」

松助が言うと、女将はあいと可愛らしく頷《うなず》き、

「おたまは、病気の母親とふたり暮らしで、三年前からうちで働くようになったのでございます。ところが、二年ほど前に母親が亡くなったあと、ここに住み込むようになりました。それから、政吉という男と出来てしまったみたいです」

「政吉ってのは板前だったそうだが」

「はい。板場におりましたが、博打好きで、仕事を放ってまでも賭場《とば》に入り浸《びた》ってしまうので、やめてもらいました」

「その後、政吉は？」

「たぶん、おたまが食べさせていたんじゃないでしょうか。ときたま、裏口に、おたまを訪ねて政吉がやって来ていました。金を渡していたんです」

「ひもだな」

吉蔵は吐き捨てた。

「で、なにかえ。政吉は遊んで暮らしていたのか」

「はい。何度かおたまには注意したんですが。政吉は苦《にが》み走った男前ですから、おたまのほうが夢中になったんでしょう」

「今、政吉がどこに住んでいるか知らねえか」

「ここをやめたあとは車坂町に住んでいたと聞いたことがあります」

「車坂町か」

逃げたあとだとしても、今まで住んでいた場所に行けば何か摑めるかもしれない。

「ところで、大浦亀之進という侍を知っているか」

「いえ」

「四十半ばで、やせた男だ。この侍がおたまを囲っていたんだ。大浦亀之進はおたまとここで知り合ったと言っている」

「さあ。一見《いちげん》さんでは名前もお聞きしませんので」

また、何か引っかかった。

「すると、一度か、二度ぐらいしか客として上がっていないようだな」

「私には覚えがございません」

「ここには侍の客も多いんだろう」

「はい、参ります」

誰かに連れてこられたのか。しかし、一度会っただけで、おたまをくどき落とせたのか。何度も、足を運んでくどき落としたものと思っていたが……。

「どんな侍が来るんだえ」

「それはご勘弁を」

「客の名は言えなくとも、どんな侍かぐらいは言えるだろう」

「それは……」

迷っていた女将がふと顔を上げた。

「お奉行所の方もいらっしゃっておりました」

「お奉行所のか……」

どうせ、与力あたりだろう。他人の金で、いいものを呑み食いしやがってと、ちょっとしらけた気分になった。

そこを出てから、吉蔵は松助を伴い車坂町に向かった。

上野山下《うえのやました》を過ぎ、浅草《あさくさ》方面に右折すれば、ほどなく車坂町だ。

松助が一足先に車坂町の自身番に行き、詰めていた家主から政吉の住まいを聞き出して来た。

「ずっと住んでいやがったか」

吉蔵は長屋木戸を入った。

洗濯物を乾《ほ》している女房に、政吉の住まいをきいて、奥から二番目の家に向かった。

腰高障子を開けた。

すると、薄暗い奥に人影が動いた。

「おめえは誰だ？」

吉蔵はぎょっとしてきいた。

「ひとんちに来て、誰だはねえだろう」

「おめえ、まさか政吉」

土間に足を踏み入れてきく。

「なんでえ、さっきから妙なことばかし言いやがって。家を間違えているなら、とっとと出て行ってくれ」

「いい身分だな。昼間から酒か」

政吉の傍《かたわ》らに徳利が転がっていた。てっきり逃げたと思っていたが、そうか、まだ自分が疑われているとはわかっていないのか。

ばかな野郎だと、吉蔵は冷笑を浮かべた。

「おう、政吉。俺は南の旦那から手札をもらっている吉蔵ってもんだ」

「えっ、親分さんで。こいつはお見逸《そ》れしやした」

急に態度を変え、敷居まで出て来て、政吉は畏《かしこ》まった。

天窓からの明かりに政吉の顔がはっきり見えた。眉が濃く、目元がすっきりしている。

「なるほど苦み走ったいい男だ。おたまが惚れるのは無理もねえ」

「親分さん。おたまが何か」

政吉は顔色を変えた。

「話が聞きてえんだ。ちょっと来てくれねえか」

「親分さん。いってえ何が」

政吉は真剣な目つきになった。

「言うまでもねえ。おたま殺しの件だ」

「おたま殺し？　親分さん。そりゃ、どういうことですかえ。おたま殺しって。まさか、おたまの身に何か」

「とぼけるのも大概にしろ。おたまは一昨日《おととい》の夜、頸を絞められて殺された」

「げっ」

政吉が大仰にのけぞった。

「へたな芝居をするねえ。おう、松助。縛り上げろ」

松助が縄を持って政吉の手首をとったとき、いきなり政吉が松助を突き飛ばした。

転げた松助が吉蔵にぶつかって来た。

吉蔵がよろけた隙に、政吉は逃げ出した。

「俺じゃねえ。俺はやっちゃいねえ」

そう叫びながら、政吉は路地を突っ走った。

「待ちやがれ」

すぐに追ったが、政吉の逃げ足は速く、路地に入り、姿を消した。

油断したのがいけなかった、と吉蔵は地団駄を踏んだ。

五

朝出仕して、すぐに木下伝右衛門を見舞ったが、相変わらず眠り続けていた。まだ、意識は戻らないようだ。

剣一郎は風烈廻《ふうれつまわ》りの掛りであるが、例繰方《れいくりかた》の掛りも兼任していた。与力、同心はほとんどの者が、いくつかの役を掛け持っているのである。

この日、風烈廻りの巡回は同心の礒島源太郎《いそじまげんたろう》と只野平四郎《ただのへいしろう》のふたりに任せ、剣一郎は例繰方の掛りとしての仕事についた。

毎日、何人もの吟味《ぎんみ》が行われている。犯罪はつきることがないのだ。

棚には犯罪の状況などを記録した書類がたくさん積まれている。吟味方から罪人の罪状を記した口書がまわってくると、御仕置裁許帳《おしおきさいきょちょう》から先例にある罪状を決めるのだ。

『御定書百箇条《おさだめがきひやっかじょう》』というものがあり、犯罪の分類と処罰の内容が定められている。刑罰には呵責、押込、敲《たたき》、追放、遠島、死刑があり、さらに死刑には下手人、死罪、火罪、獄門、磔《はりつけ》、鋸《のこぎり》引がある。

厠に立った。出たところで、市中取締諸色調掛りの沖村彦太郎《おきむらひこたろう》が巨体を揺するようにしてやって来た。

「参った。腹が下ってな」

腹を押さえ、沖村彦太郎が苦しそうな顔をしている。

「それは困りましたね。お薬でも」

剣一郎も心配して言う。

「飲んだんだが、ゆうべ食った鯛の塩焼きがいけなかったかな、それとも蛤《はまぐり》か」

沖村彦太郎は青白い顔で言いながら厠に入って行った。剣一郎より年長の四十歳だ。

おそらく、ゆうべはどこかの商家の旦那から接待でも受けたのであろう。

仮牢にはきょうの吟味を受ける囚人たちが小伝馬《こでんま》町の牢屋敷から送られて来ており、玄関脇にある当番所では訴願に訪れた者が並んでいる。

今月は南町が月番で、訴訟を受け付けている。

また、玄関にはどこぞの藩の御留守居役が挨拶に見え、長谷川四郎兵衛《はせがわしろべえ》が相手をしていた。

内庭で、年番方与力の蒲原与五郎が同心の八島重太郎と顔を寄せ合っているのが見えた。蒲原与五郎は厳しい顔つきをしていた。

なぜ、あんな場所で話し込んでいるのか、不思議だった。

部屋に戻る途中、見習いの坂本時次郎《さかもとときじろう》が剣一郎から顔を隠すようにすれ違った。坂本時次郎が緊張していることがわかった。

坂本時次郎は剣之助と仲のよい男だ。同じ見習いとして、日々を励んでいる。だが、最近の時次郎は、剣一郎の前に来ると、萎縮《いしゅく》しているように思える。何かあったのだろうか。

どうやら後ろめたいことがあるようだ。だから、こっちの顔をまともに見られないのだ。そう思ったとき、剣一郎は坂本時次郎を呼び止めていた。

「待て、時次郎」

ぴくっとして、坂本時次郎は立ち止まった。

「はい」

坂本時次郎は俯《うつむ》いたまま振り返った。

「どうした、どこか具合でも悪いのか」

「いえ。大事ありません」

「そうか。仕事のほうはどうだ？」

「だいじょうぶであります」

なぜ、これほど緊張しているのか。やはり、隠し事を抱えているとしか思えない。

それは、剣之助のことと思われる。

「ききたいと思っていたのだが、最近、剣之助はどうだ？　剣之助に何か変わったことはなかったか」

「は、はい。お元気で」

妙な答えだ。

「時次郎。私の目を見よ」

「は、はい」

おそるおそる坂本時次郎は顔を上げた。が、目の玉が落ち着かずにきょろきょろ動いている。

「剣之助に何も変わったことはないのか」

「はい。ございません」

「そうか。もし、何か変わったことがあったら、教えて欲しい」

「はい」

「よし、いいぞ」

「失礼いたします」

坂本時次郎は逃げるように小走りに去って行った。

昼過ぎに、お奉行が下城すると、年番方の宇野清左衛門がさっそくお奉行に呼ばれて行った。

帰りがけ、剣一郎は宇野清左衛門に呼ばれた。使いは剣之助だった。

剣之助はいつもと変わらぬ態度で用件を伝えた。だが、言葉をかける間もなく、剣之助は立ち去った。

剣一郎は年番方の部屋に行った。

年番方には三人の与力がいて、その筆頭に宇野清左衛門がいる。また、同心が六人いて、それぞれ文机に向かっていた。

宇野清左衛門と蒲原与五郎が膝を突き合わせていた。

「お呼びでございましょうか」

剣一郎は部屋に入って声をかけた。

「おう、青柳どの。こちらへ」

「失礼いたします」

剣一郎は蒲原与五郎にも会釈をし、膝を進めた。

蒲原与五郎も難しそうな顔をしていた。ふと、内庭で、同心の八島重太郎とこそこそ会っていたことを思い出した。

「じつは、今、さっきお奉行に呼ばれた」

宇野清左衛門が切り出した。

剣一郎は黙ったまま、次の言葉を待った。

「御目付《おめつけ》より、最近、浅草、両国《りょうごく》、八丁堀辺りの隠れ売女が目に余るといわれている。なぜ、取り締まらないのかと言われたそうだ」

御目付は若年寄の耳目となって、旗本や御家人などの監察をする。もちろん、奉行所の与力・同心とてもその例外ではない。与力や同心に不正があれば、御目付に処断される身であった。

が、御目付は市中の風俗の監視もしており、その取締りの任に当たる奉行所にもあれこれと口を出してくるのだ。

実際に町を見まわり、取締りをするのは御徒目付《おかち》である。その御徒目付がかぎつけたのであろう。

「問題は、その客の中に、奉行所の人間がいるらしいのだ」

「奉行所の者ですか」

剣一郎は面食らった。

「そうだ。何人かいるらしい」

「誰だかわかっているのですか」

「いや。そこまではわからない。ただ、そういう噂《うわさ》があるそうだ。奉行所の与力、同心も利用しているから安心だと宣伝して客を集めているそうだ」

「それはけしからぬことで」

「御目付に言われたからには無下《むげ》にも出来ない。だが、蒲原どのが、取締りをする必要はないと言うのだ」

「さよう。いくら御目付の言葉とていちいち聞く必要はなかろうと存ずる。与力、同心たちには利用しないようにそれとなく注意をするだけでよろしいのでは。女たちを取り締まるのはいかがなものかと」

蒲原与五郎は落ち着いた声で続けた。

「中には手軽に金を稼げるという安易な気持ちから身を売る女もあろう。しかし、そうしなければ、生きて行けない貧しい女もいるのだ。確かに、春をひさぐことはよいことではないが、男たちの潤《うるお》いにもなっているのも事実。果たして、それを取り締まることがよいことであろうか」

意外な面持ちで、剣一郎は蒲原与五郎の色白の顔を見た。

吟味与力時代は冷徹《れいてつ》な吟味で、容赦なく断罪するという鬼与力であった。ことに売春に関しては厳しい目を向けていた。そういう過去を知っているだけに、今の発言を別人の言葉のように聞いたのだ。

「私も、蒲原さまのお考えに賛成でございます」

剣一郎は答えた。

「それで甘い汁を吸っている抱主のことは許し難いと思いますが、捕まえた女たちは吉原《よしわら》に奴《やっこ》女郎として渡されてしまうのです」

公娼は吉原だけであり、その他の売春宿は皆私娼である。

公娼の抱主の権利を守るために、私娼は禁止されている。違反して捕まれば、女たちは奴として吉原に下げ渡されてしまうのだ。

奴女郎とは、強制的に一定期間、無給で働かされる女のことである。

「わしとて、出来ることならそうしたい。だが、御目付に言われたことを考えたら、このまま放ってはおけぬでな」

宇野清左衛門は苦しげに言う。

「御目付に報告した御徒目付は世情に疎《うと》いように思います」

剣一郎は反対した。

吉原の抱主は奴女郎をこき使って何人もの客をとらせるに違いない。そのために体を壊し、命を失うことになっても、お咎《とが》めはないのだ。

「隠れ売女が横行していると申しましても、それで著しく風紀が乱れているわけではありません」

「私も青柳どのと同じ意見でござる。一概に、隠れ売女を取り締まるのはいかがであろうか」

「じつは、わしもそこもとたちとは同じ意見だ。しかし、何もせぬではお奉行のお顔が立ち申さぬ。そこで、困っておるのだ」

宇野清左衛門の苦しい立場もわからなくはない。

「しかし、隠れ売女が目に余るというのは、ほんとうなのでありましょうか」

「じつは、通い売女というものがあるらしい」

「通い売女？」

聞き慣れぬ言葉だった。

「客と外で待ち合わせをし、出会茶屋でひとときを過ごすというものだ。その女たちの中には素人娘や後家、人妻などいるらしく、なかなか流行《はや》っているそうだ」

宇野清左衛門が続ける。

「もちろん、金はかかる。客はある程度の金を持っている者だ。青柳どのは、ご存じなかったか」

「いえ」

世事に通じている宇野清左衛門も知らなかったのだから、まだそれほど知られているものではないのかもしれない。

だが、剣一郎はふと思い出したことがあった。誰かが、そんな話をしていたような気がした。はて、誰であったかと、剣一郎は頭をひねった。

「どうやら、御目付はそのことを言われているらしい」

宇野清左衛門の声に、我に返った。

「すると、その通い売女のみを取り締まればよろしいのでしょうか」

「まあ、それさえ潰《つぶ》せば、なんとか顔は立つかもしれないが」

蒲原与五郎は顔をしかめ、

「所詮、吉原の抱主たちにいい思いをさせるだけのようにしか思えぬが」

と、あくまでも反対の姿勢を崩そうとしなかった。

ようするに、吉原の客を奪うほどに岡場所が繁盛してはならないのだ。ときたま隠れ売女の摘発が行われるが、利益を得るのは吉原だけだと、剣一郎も思っていた。

「ともかく、その通い売女の実態を探る必要があります」

剣一郎が言うと、

「そのこと、私にお任せくだされ。私の組の八島重太郎にやらせるゆえ」

蒲原与五郎が積極的に言った。

ちなみに、剣一郎は参番組である。

「うむ。それでは蒲原どのにお任せいたそう」

宇野清左衛門が応じ、これで話がついたとばかりに、

「青柳どの。ご苦労でござった」

と、剣一郎に顔を向けた。

「はあ、失礼いたします」

剣一郎は年番方の部屋を出た。

なぜ、自分が呼ばれたのか、剣一郎はわからなかった。結局、蒲原与五郎がこの問題を差配することになったが、宇野清左衛門は剣一郎にやってもらいたかったのであろうか。だが、剣一郎の役目とは違う。

重大な事件が起きたときには、お奉行からの特命を受けて働くこともあるが、隠れ売女の件はその種の事件とは違うのだ。

剣一郎はそのまま例繰方詰所に向かった。

途中、玄関の脇にある当番所に目をやると、相変わらず、訴願の者が並んでいる。

剣一郎が例繰方詰所に入ると、同心の古瀬米次郎《こせよねじろう》が書類から顔を上げ、会釈をした。小肥りでふっくらとした顔をしている。二十八歳だが、まだ独り身だ。

「ご苦労。特に変わったことはないか」

「はい、ございません。何か、調べ物でしょうか」

古瀬米次郎が腰を浮かしかけた。

「いや。そなたにちょっとききたいのだが」

「はい」

古瀬米次郎は畏《かしこ》まった。

「いつぞや、昼飯を食い終わったあと、奔放《ほんぽう》な娘の話をしていたな」

古瀬米次郎が朋輩《ほうばい》に小声で話していたのを、たまたま昼休みに調べ物をしていて、剣一郎は耳にしたのだ。

「あっ、お耳に届きましたか。失礼いたしました」

「いや。それはいいのだが、その話を聞かせてくれないか」

「えっ、そのことが何か」

「いや。ちょっと、どんな女だったのか気になってな」

「はい。私はときたま非番の日、池之端仲町にある小間物屋に、母のために『むらさき香』という鬢《びん》付け油を買いに行っております。あれは十日ほど前のことでした。小間物屋を出たところで、おとなしそうな女と年配の男が不忍池のほうに向かって行くのが目に入りました。歳の離れた男女なもので、呆気に取られていると、女の顔に見覚えがあることがわかりました」

古瀬米次郎は言葉を継いだ。

「確か、その女はそれより前にも見かけたことがありました。そのときは、もっと若い男といっしょに出会茶屋のほうに向かいました。私は、なんだか女というものが恐ろしくなりました」

「男のほうはどんな感じだったな?」

「年配のほうは商家の旦那ふう。若い男も、どこかの若旦那という様子でした」

「うむ。女のほうはどうであった？」

「はい。歳の頃なら二十二、三。可愛らしい顔をした女子でした。青柳さま」

古瀬米次郎が声をひそめた。

「じつは」

「なんだ」

「はい。じつはその女、売女ではなかったかと」

「売女？　どうして、そう思うのだ？」

「はい。それが、その……」

「なるほど。誰かが、そう言ったのだな。誰だ？」

「はあ」

古瀬米次郎から話を聞いた者は知っていたのだ。それは売女だと。

「その者は通い売女だと言ったのではないか」

「はい」

「誰だ。それは？」

「私が言ったとなると……」

「そうか。よし、じゃあ、その者に伝えておけ。近々、奉行所が手入れをするかもしれない。もう、そこに出入りをしないよう言っておけ」

ひぇっと声にならない悲鳴を上げ、古瀬米次郎は顔を青ざめさせた。

どうやら、この古瀬米次郎自身がその女と遊んだようだ。

「女に素性は知られていないのだろうな」

「おりません。いえ、あの、偽りの名を言っておいたようです」

「その女にはどこに行けば会えるのだ？」

「いえ、知りません」

剣一郎は苦笑するしかなかった。

第二章　地獄から帰った男

一

車坂町の長屋から岡っ引きの手を逃れて、政吉は浅草の新堀端にある寺までやって来た。そして、薄暗くなるまで、政吉は本堂の縁の下に隠れていた。

夕方になって、ひとの往来の激しくなった蔵前《くらまえ》通りに出た。用心深く周囲に目をはわせながら、政吉は小網町にやって来て、末広河岸の暗がりに身をひそめた。

辺りを見回し、人通りが途絶えたのを確かめてから、横町を曲がり、おたまの家の前に行った。

格子戸に忌中の張り紙があった。

向かいの家から年寄りが出て来て、じろじろ政吉のほうを胡乱《うろん》な顔つきで見ていた。

政吉はその年寄りに近寄った。

「あの家には、おたまという女が住んでいたと思いやすが、何かあったんでしょうか」

「おたまさんは殺されたよ。きょうお弔《とむら》いを済ませた」

年寄りが恐ろしそうな顔で言った。

やはり、おたまが殺されたのはほんとうだった。

「下手人は見つかったのですかえ」

「おたまさんのところにときたま忍んでいた間夫がやったらしい」

やっぱし、俺のせいにされちまったのだと、政吉はうめき声を発した。

そのとき、向こうから岡っ引きの手先らしい男がやって来るのが見えた。年寄りが、手を上げて合図をした。

政吉はあわててその場を離れた。

途中で振り返ると、今の年寄りが手先の男に何か訴えていた。ふたりの目がこっちに向いていた。

角を曲がったあと、政吉は一目散に走り出した。

鎧《よろい》河岸から箱崎《はこざき》を過ぎ、政吉は永代《えいたい》橋を渡った。

途中で振り返った。追って来る人影があった。政吉はやみくもに走った。

仙台堀《せんだいぼり》に出た。海辺橋《うみべ》の袂《たもと》にある柳の木の前で立ち止まった。息が弾《はず》んでいる。

呼吸を整えながら、政吉はこれからどうするかを考えた。一文無しで逃げて来たので、腹を満たすのにも困る。

（確か……）

ふと、政吉はおつたがこっちのほうに住んでいたのを思い出した。

おつたは湯島天神下《ゆしまてんじんした》の楊弓場《ようきゆう》の矢場女だった。『菊もと』にいた頃、何度か遊んだことがある。

いつだったか、富ヶ岡八幡宮の境内《けいだい》でばったり出くわしたことがあった。懐かしそうな顔で、深川島田《しまだ》町に住んでいるから一度遊びに来てちょうだいと言っていたのだ。

おつたは、金貸しの『一文屋《いちもん》』の亭主角兵衛《かくべえ》の女房になっている。だが、今は事情があって旦那とは別に『一文屋』の寮に暮らしていると言っていた。今夜は旦那がやって来る日かどうかわからないが、ともかくおつたの住む寮に向かった。

まだ、大々的に手配はされていないらしく、自身番の前も簡単に通ることは出来たが、それでも緊張した。

『一文屋』の寮は、おたまの家とは違い、門があり、庭も広く、離れもある。

『一文屋』の角兵衛はかなりあくどい金貸しという評判だ。それにしても、相当金を持っているようだ。

家の前で様子を窺《うかが》う。旦那が来ているときは、軒提灯がかかっている。あのとき、確か、おつたがそう言っていたのを思い出した。

今は、ない。ほっとして、政吉は門を入った。

格子戸を叩き、政吉は中に向かって声をかけた。

やがて、戸が開いた。

現れたのは、おつただった。

「あれ、政さんじゃないか。来てくれたんだね」

「これ、だいじょうぶか」

政吉は親指を立ててきいた。

「今夜は来ないわ。さあ、上がって」

心なしか、おつたはうきうきしているようだった。

「すまねえが、濯《すす》ぎをくれねえか」

「あいよ」

おつたは桶《おけ》に水を汲《く》んで来た。

足を濯いでから、政吉は部屋に上がった。

上がり口にある三畳間の向こうが居間になっていて、神棚があり、長火鉢がある。

「政さん。何かやったんじゃないのかえ」

おつたが眉根を寄せてきいた。

「どうしてだ？」

「着ている物も汚れているし、なんだかとても疲れているようだもの」

「じつは、おたまが殺されちまったんだ」

「なんだって。おたまさんって、おまえさんのいいひとだろう。誰に、殺されたって言うのさ」

「一昨日《おととい》のことだ。俺が忍んでいるときに、おたまの旦那がやって来やがった。それで、揉《も》めちまったんだ」

「じゃあ、旦那に」

「そうだ。おたまは俺を逃がしてくれた。そしたら、今日、岡っ引きが来やがった」

「まさか、政さんが疑われているとか」

「その、まさかだ。俺が下手人にされたらしい」

おつたは眉をひそめた。

「じゃあ、なぜ、逃げるのさ。逃げたりしないで、ほんとうのことを言ったら、どうなのさ」

「だめなんだ」

「だめ？」

「旦那は最初はどこかの藩の御留守居役だとか言っていたが、最近、寝物語でほんとうのことを喋ったらしい。奉行所の与力だそうだ」

「奉行所の与力だって？　じゃあ、与力が人殺しをしたってわけ」

おつたが目を丸くした。

「そうだ。どんな男だって、嫉妬《しっと》に狂ったら何をするかわからねえ」

「名前は？」

「蒲原与五郎っていう名だ。そうだ。こいつは、あの与力のものだ」

政吉は袂《たもと》から、猿の形の根付を取り出した。

「まあ、見事なものね」

「あの与力と揉み合いになったとき、無意識のうちに摑んで、袂に入れておいたようだ」

「そこまでわかっているなら、訴えたほうがいいわ」

「無理さ。その与力にとぼけられたらおしめえだ。どっちの言うことが信用出来るか。捕まったら、おしめえだ。下手人にされてしまう。あの連中のやることなんて信じられねえ。そうじゃないかえ」

「だって、これが証拠じゃないか」

「外で落としたのを俺が拾ったとでも言うかもしれねえ」

そのとき、庭のほうから物音がした。政吉は飛び上がった。

「離れの侍よ。最近、木刀を振り回しているわ」

「驚いた。旦那が来たのかと思ったぜ。離れの侍、俺たちのことを旦那に告げ口しないかえ」

「だいじょうぶよ。助けてもらったうちの旦那より、世話をしている私のほうに親しみを感じているみたいだからね」

角兵衛といっしょに夜釣りを楽しんでいて、船底に流れて来たのが裏にいる侍だった。すぐに船頭の手を借りて船に上げ、隅田川《すみだ》から油堀に入り、助けた男をここまで運んだのだ。男は全身に刀傷があった。

それから半年近く経つ。

「でも、不思議ね。一切記憶を失っているのだもの」

「まったく思い出せないのか」

「そうみたい」

あの侍は自分の名も、どうして川に溺《おぼ》れていたかもわからない。半年近く経って体は回復したが、記憶は戻っていなかった。

「政さん、向こうへ」

おつたが流し目をくれた。

「うむ」

おたまが殺されたこともそうだが、自分が疑られていることを思うと、そんな気になれない。

そのとき、いきなり障子が開き、男が現れた。

政吉は悲鳴を上げて腰を抜かした。おつたも口を半開きにした。

「酒が欲しい」

男は離れの侍だった。

「どこから入ったの」

おつたがきいた。

「裏口が開いていた。不用心だ」

侍が言った。

「待ってて」

おつたは台所に立った。まだ、震えが止まらないようだった。

男は五尺八寸（約一七四センチ）ぐらい。細身だ。片目が潰れかかり、頬骨が突き出ている。その頬には無残な斬り傷。無表情の顔。死んだような目が不気味だった。いや、全体に生気は感じられない。

おつたが徳利を持って来た。

男はそれを摑むと、そのまま引き上げて行った。

政吉は手に汗をかいていた。

「薄気味悪い野郎だ」

「ええ」

「どうして、旦那はあんな男の面倒を見ているんだ。さっさと追い出してしまえばいいのに」

「いつか役に立つと思っているみたいよ」

「ほんとうに、俺のこと、告げ口しないだろうな」

「だいじょうぶよ」

「すっかり肝を潰したぜ」

そう呟《つぶや》いたとき、政吉がはっとした。

「どうしたの？」

「外で人声がした」

「見てくるわ」

おつたが部屋を出て行った。

格子戸の開く音がした。

ほどなく、おつたは戻って来た。

「岡っ引きの手先らしい男がこっちに来るわ」

「どうして、ここが……」

「ずっとつけられていたんじゃないの」

「ちくしょう」

政吉が裏口に向かった。

「政さん、どうするの？」

「逃げる。そうだ、おつたさん、金を貸してくれないか」

「待って」

おつたは帯の間から財布を取り出した。

一分金で三枚あった。

「すまねえ。恩に着る」

「どこへ行くのさ」

おつたが心配そうにきく。

「わからねえ。わかっているのは、捕まったら下手人にされちまうってことだ」

政吉は雪駄を勝手口に持って行った。

「おつたさん。もし、無事だったら、もう一度会いに来るぜ」

「政さん。もし、隠れる場所がなかったら、向島《むこうじま》の請地《うけち》村に行ったら。飛木稲荷の裏手のほうに今は使ってない百姓家があるわ。昔、あたしが住んでいたところ」

「飛木稲荷の近くか。助かる」

政吉は勝手口から外に出た。

そのとき、おつたの悲鳴が聞こえた。手先が家に入って来たのだ。政吉は闇にまぎれてやみくもに走った。

二

翌日、剣一郎は朝から巡回に出ていた。

剣一郎たち風烈廻りの一行が湯島切り通しから池之端仲町へとやって来たのは昼過ぎだった。

風が砂塵を巻き上げた。呑み屋の提灯が儀島源太郎の足元に飛んで来た。それを拾おうとしたが、提灯は儀島源太郎の手から逃げるように転がって行った。

ふと、剣一郎は前方を横切って不忍池のほうに向かった男女に目を留めた。男のほうは四十ぐらい、女のほうは二十歳そこそこに思えた。

通い売女の話を、剣一郎は思い出した。もちろん、今の男女がそういう類《たぐい》のものであるという証拠はない。

しかし、奉行所の人間が何人か利用しているらしい。御徒目付に気づかれたのが拙《まず》かった。

「ふたりは通い売女というのを知っておるか」

「なんですか、それ」

初めての子どもが生まれたばかりの只野平四郎がきいた。この男は間違っても、そんなところは利用しないだろう。

「知らないのか」

礒島源太郎が笑った。

「女を外に連れ出して出会茶屋で楽しめるという寸法だ」

「源太郎。おぬし詳しいな」

剣一郎がきく。

「じつは、いつぞや鳶《とび》の者が話していたのです。中には、武家の妻女がいるという話でした」

「武家の妻女?」

聞き捨てならぬと、剣一郎は思った。

「ええ。暮らしのためにやむなく体を売るということです」

武士の暮らしはますます困窮している。

手入れをして捕まえた女たちの中に武家の妻女がいたら……。剣一郎はやりきれない思いがした。

「拙《まず》いな」

剣一郎は呟いた。

蒲原与五郎の言うように、うかつに手入れなどしないほうがよい。捕まって一番困るのは女たちだ。吉原に追いやられ、そこでこき使われる。それでは何の解決にもならない。ただ、このまま見過ごしていいというものではない。

女たちの暮らしが立ち行くような仕事を与えてやらねば……。剣一郎はほろ苦い思いで、売女たちのことを考えた。

風が弱まり、あとの見廻りをふたりの同心に任せ、剣一郎は奉行所に戻った。

与力部屋に落ち着いたが、礒島源太郎の言葉を思い出し、剣一郎は立ち上がった。

年番方の部屋に向かう途中、廊下で坂本時次郎とすれ違った。こちらの顔を見ようとせず、俯《うつむ》いたままだった。

すれ違ったとき、時次郎が吐息を漏らした。

まるで、剣之助の苦悩が乗り移ったようだ。剣之助のことで何かを隠しているようだが、時次郎は問うても答えようとしないだろう。

年番方の部屋に行ったが、宇野清左衛門はいなかった。

文机から顔を上げた蒲原与五郎と目があった。

剣一郎は会釈をした。が、蒲原与五郎の目に剣一郎の姿は入っていないようだった。焦点《しょうてん》の定まらぬ目を虚空《こくう》に向けているだけのようだ。

剣一郎は迷った。声をかけるのが憚《はばか》られた。また出直そうと踵《きびす》を返しかけたとき、はたと気づいたように、蒲原与五郎は目をぱちくりさせた。

改めて、剣一郎は蒲原与五郎の傍に行った。

「蒲原さま。今、よろしいでしょうか」

「うむ。何か」

「先日の通い売女のことですが、その後、何かわかりましたでしょうか」

「今、調べているところだ」

「じつは武家の妻女もその中にいるという噂《うわさ》を耳にいたしました」

「武家の……」

蒲原与五郎は痛ましげな顔をした。

「手入れをしたら、その女の中に武家の妻女がいるということもあり得ます」

八丁堀の与力・同心には付け届けなどの余禄がある。しかし、諸役の与力・同心たちは総じて生活は苦しいのだ。

暮らしに困窮して、やむなく身を売る妻女もいるであろう。

「哀れだ。わしも手入れはしたくない。ただ、お奉行が御目付に言われたことゆえ、どういう手立てがあるか、考えているところだ。まず、実態を調べてのことだ」

「わかりました」

蒲原与五郎はときたま上の空になった。表情にも生気がない。何か心配事でもあるのだろうか。

「蒲原さま。どうかなさいましたか」

剣一郎は声をかけた。

はっとしたように、蒲原与五郎は居住まいを正し、

「青柳どの。あいわかった」

と、追い払うように言った。

剣一郎は引き下がり、敷居を跨《また》いでから振り返った。蒲原与五郎はまたぼんやりしていた。


夕方、奉行所から帰った剣一郎は着流しに編笠をかぶって屋敷を出た。

百十間（約二百メートル）もある永代橋の真ん中まで来ると、西の空に夕陽が沈もうとしていた。

一の鳥居を潜《くぐ》り、永代寺門前から右に折れ、蓬萊《ほうらい》橋を渡ると佃町だ。

場末の遊女屋が並び、それぞれの店先から、女が通る男に色目を使い、誘いをかけている。

以前に一度、店の前まで行ったことがあるので、『和田屋』まで迷わず辿《たど》り着いた。

店先にいる女を見て、

「およしはいるか」

と、声をかけた。

「およしさん」

女は土間に向かって気だるい声で呼んだ。

女が出て来た。目が垂れ下がり、色黒の顔にそばかすがある。

「いらっしゃい」

剣一郎は編笠をとった。

およしが息を呑んだようだった。が、すぐに微笑《ほほえ》み、

「どうぞ」

と、剣一郎を招いた。

遣《や》り手婆さんに刀を預け、剣一郎はおよしのあとに従って梯子段を上がった。

四畳半の古びた部屋だ。朱がはげ落ちた衣桁《いこう》が壁際に見えた。

襖の隙間から隣の部屋にふとんが敷いてあるのが見えた。

剣一郎は裾をぽんと一つ叩いてあぐらをかいた。

「いらっしゃいませ」

およしは三つ指をついた。

廊下から声がした。およしが障子を開けると、そこに茶が運ばれていた。

およしはそれを部屋に入れた。

「すまぬ。客ではないのだ」

「青柳さまでございますね」

およしは畏まった。

「私が来た用件がわかるか」

剣一郎は静かにきいた。

「はい。剣之助さまのことでらっしゃいますね」

「そうだ。その前に、剣之助が何かと世話になっているようだ。この通り、礼を言う」

剣一郎は頭を下げた。

「いえ、世話だなんて」

「いや。剣之助はそなたのことを姉のように慕っている。そなたといると、心穏やかになるそうだ」

漁師の娘だという。家族のために、苦界に身を沈めたのであろう。

世辞にもきれいとは言えないが、汚れのない心の持主だということは、澄んだ瞳からもわかる。

「いえ、剣之助さまこそ、こんな私をひとりの人間として対等にお付き合いしてくださいます。私のほうこそ、ありがたく思っております」

「じつは、ここ数ヶ月ほど前から、剣之助の様子がおかしいのだ。最初は元気がないようだったが、最近では殺気立った目を向けることがある。もちろん、理由をきいても答えてはくれぬ」

　およしは俯いた。

「そなたには何でも話しているように思える。何か心当たりがあれば、教えてもらえないかと思ってな」

「いえ、私は何も」

　およしは目を逸《そ》らした。

「どうか、このとおりだ」

いきなり、居住まいを正し、剣一郎は畳に手をついた。

「あっ、おやめください」

およしはあわてた。

「親ばかと笑ってくれてもよい。どうしても、剣之助のことが心配なのだ。このとおりだ。教えてはくれないか」

「困ります。私、困ります」

およしは泣きそうな顔になった。

よその部屋から女の笑い声が聞こえた。

「剣之助さまは私を信用してくれて打ち明けてくれたのです。それを、私の口から言うわけにはいきません。剣之助さまを裏切るわけには参りません」

「すべて教えてくれとは言わぬ。何か、手掛かりになるようなことだけでもよい」

「そんな……」

およしは苦しそうに顔を歪めた。

「剣之助は奉行所の中のことで苦悩しているのではないかと思うのだ。見習いとして出仕してからだいぶ経つ。奉行所の生活に馴《な》れるにつれ、さまざまな矛盾に気づき出した。そのことで……」

「いいえ」

およしは否定した。

「そういったこともあるかもしれませんが」

「では、他に何が」

迷っていたおよしは顔を上げた。

「志乃さまのことです」

「志乃?」

「そうです」

と、およしは答えた。

「志乃との間に何かあったのか」

「もうこれだけで勘弁してください。志乃さまの縁談がまとまったそうですね」

「縁談?」

そのことがまだ尾を引いているらしい。

「これ以上はお許しを。剣之助さまを裏切るわけには参りません」

剣之助にまだ何かあるのか。およしはこれ以上喋らないという覚悟を見せるように、口を真一文字にきつくしめていた。

三

それより、少し前のことだった。暮六つ（午後六時）の鐘の音を聞いてからだいぶ経つ。剣之助はだんだん落ち着きをなくしていった。

剣之助は小石川白壁町《こいしかわしらかべ》にある西岸寺《さいがん》という浄土宗《じょうど》の寺の山門から通りに何度も出てはため息をついた。

さらに四半刻（三十分）ほど経ってから、提灯が揺れてやって来た。

提灯の明かりに女だとわかって胸を高鳴らせたが、近づくにつれ、目当ての女ではないことがわかった。小野田《おのだ》家の女中およねだった。

「剣之助さま」

息を弾ませて、およねは剣之助の前までやって来た。

提灯の明かりを袂《たもと》で隠し、

「お嬢さまは見張りが厳しくて出られません。剣之助さまによしなにと」

と、およねは早口で言った。

「そうですか」

剣之助は落胆のため息をついてから、

「では、明日の夜に、また来てみます」

場合によっては、屋敷に忍び込んでもと、剣之助は口にしかけた。

「お言づけがあれば」

およねが言う。

「私は……」

剣之助は一途な目をおよねに向けた。

「覚悟が出来ています。そうお伝えください」

一瞬、およねが息を呑んだようだった。

「わかりました。そうお伝えいたします」

「およねさん、私の選択は間違っているでしょうか。志乃どのを不幸にしてしまうでしょうか」

「わかりません。ただ、このままではお嬢さまは体を壊してしまいます。ほとんど食事が喉を通らないようですから」

「そのことを聞くと、私は身が引き裂かれそうになります」

「剣之助さま。私はおふたりの味方です。どうか、気を強くお持ちになってください」

「はい」

「じゃあ、私は戻ります」

再び小走りになって、およねは来た道を戻って行った。

少し遅れて、剣之助もその場を離れた。

大きな通りを右に折れ、剣之助は雑木林沿いに歩いた。その雑木林の向こうに水戸《みと》家の広大な屋敷が広がっている。

近習番組頭小野田彦太郎《ひこたろう》の娘志乃は、剣之助と同じ年の十六歳。

ふたりが出会ったのは十四歳のときだった。だが、志乃との仲は所詮叶わぬ運命にあった。志乃はひとり娘であり、小野田家を継ぐ男子を養子にとらねばならない。剣之助も長男である。

その後、剣之助は元服をし、奉行所にも見習いとして出仕するようになった。二年の歳月はふたりを少しおとなにした。

家並みが切れ、左手に火除地《ひよけち》、右手に雑木林の続く寂しい道に差しかかった。明かりを持たなかったが、月明かりで不自由はない。

志乃の顔が脳裏から離れない。一度、諦めた女だった。志乃を忘れるために女太夫のお鈴《すず》に気持ちを向けたことがあった。

しかし、お鈴とはかりそめの恋でしかなかった。お鈴と別れたあとは、深川佃町の安女郎屋に通うようになった。

そこの女郎のおよしは剣之助の心を癒《いや》してくれた。少しずつ、志乃への思いも消えて行くと思っていた。

だが、数ヶ月前のある日、八丁堀の屋敷の前でおよねに声をかけられた。およねは、剣之助を待っていたのだ。そのとき、およねの口にした言葉に、剣之助は脳天を割られたような衝撃を受けたのだ。

「お嬢さまの縁談がまとまりました」

その言葉に、忘れかけた志乃への思いが再燃したのだ。

「志乃どのに会いたい。会わせてください」

剣之助の恋情はいっきに高まった。

志乃と再会した。おとなびて、以前よりはるかに気高く、美しい女になっていた。

剣之助もまた、甘さを残しつつもたくましく男らしい顔つきになっていた。

「お会いしとうございました」

「私だって」

剣之助は胸の底から突き上げて来る感情に自制心が麻痺《まひ》した。無意識のうちに、志乃の白い手を握っていた。

そして、自分の胸に引き寄せようとした。だが、志乃は細い手を剣之助の胸に当てた。

「いけません」

「なぜだ。私はあなたをずっと……」

「いけません」

美しい眉を寄せて、志乃は同じことを言った。

「お別れの前に、一目剣之助さまにお目にかかりたかったのでございます」

「縁談がまとまったというのはほんとうなのか」

剣之助は悲鳴のような声を上げた。

目を潤ませ、はいと志乃は言った。

剣之助は目眩《めまい》を覚えた。

「相手はどんな男だ？」

「旗本脇田清右衛門《わきたせいえもん》さまのご次男で清十朗《せいじゆうろう》さまと申されます」

旗本の次男と聞いて、剣之助は絶望感に襲われた。

小野田家にとっては願ってもない縁談のように思えたからだ。だが、肝心の志乃の気持ちはどうなのだ。

「あなたは、望んでいるのですか」

「いいえ、私は望んではおりませぬ。私は剣之助さまを……」

「志乃どの」

あのときの感情が蘇った瞬間、すぐそれはたき火に水をかけたように消えた。

剣之助は立ち止まった。神経を研ぎ澄まし、剣之助は真っ暗な雑木林に目をやった。

黒い影が現れた。ひとつ、ふたつ……。三人だ。

「何者だ?」

黒い布で顔を隠した浪人体の侍だ。

三人とも大柄だ。一番年嵩《としかさ》と思われる真ん中の侍がゆっくり刀を抜くと、両脇のふたりも抜刀した。

剣之助は鯉口《こいぐち》を切った。剣之助はかつて二度、真剣で立ち合った経験がある。

「追剝《おいはぎ》か。それとも、私の正体を知ってのことか」

右手を柄にそえながら、剣之助はきいた。

真ん中の侍が正眼《せいがん》に構え、両脇のふたりは八双《はっそう》に構え、三人が一斉に間合いを詰めてきた。誰が先に斬りかかってくるか。

先手をとる。そう決心するや、剣之助は抜刀すると同時に右手の侍の脾腹《ひばら》を狙《ねら》った。あわてて、相手は身をかわした。さらに返す刀で、一番年嵩の侍に剣を突き刺すようにして足を踏み込んでいった。

剣之助の鋭い動きに虚を衝かれたように、相手は上段から斬りかかったが、すでに剣之助は相手の脇をすり抜けざまに、相手の腕を斬り、もうひとりの侍に袈裟《けさ》懸《が》けを見舞った。

肩を浅く斬っただけだが、相手は悲鳴を上げて地べたを転げ回った。

剣之助はさらに向きを変え、最初の侍が八双から斬りかかった剣を弾き返し、すくい上げるようにして、相手の小手を斬った。

侍は剣を落として、うずくまった。

一番年嵩らしい侍の首に、剣之助は刃を突きつけた。

「青柳剣之助と知ってのことか」

答えなかった。

剣之助は頬かぶりの布を剣尖に引っかけて外した。初めて見る顔だった。

「誰だ。誰に頼まれたのだ？」

「知らぬ」

肩を斬られた侍が苦しそうに呻《うめ》いている。

「あの者、早く手当をしないと手遅れになる。早く、問いに答えよ」

「知らぬものは知らぬ」

ふと、どこかから見られているような気がした。雑木林の中だ。真っ暗で、何も見えない。だが、誰かがいる。

手首を押さえていた男がいきなり逃げ出した。

応援を頼みに行ったのかもしれない。いつまでも、ここにいては危険だと察し、剣之助は踵を返した。

剣之助は走りながら刀を鞘に納め、追ってこないとわかって、ようやく足を緩《ゆる》めた。

今の賊は、剣之助と知っていて襲撃してきたのだ。それをするのは、脇田清十朗しか考えられない。

志乃の縁談の相手が五百石取りの旗本脇田清右衛門の次男清十朗と聞いたときは、剣之助は志乃のためにその縁談を祝おうとした。

だが、ひょんなことから志乃の相手の脇田清十朗と因縁が出来たのだ。

あるとき、日本橋の往来で、酔っぱらった若い侍が数人、年寄りと娘を取り囲んでいた。

刀の鞘に年寄りがよろけてぶつかり、侍が怒って無礼討ちだと騒いでいるところだった。

娘が地べたに跪《ひざまず》き、懸命に詫《わ》びている。爺《じい》さんと孫のようだ。ところが、侍はその娘をどこかに連れて行こうとした。

よせ、と連れの坂本時次郎が袖を引くのを振り払い、剣之助は飛び出した。

「なんだ、おまえは？」

鷲《わし》鼻の若い侍が剣之助にきいた。

「私は八丁堀見習い与力の青柳剣之助と申します。このように謝っているのですから、勘弁してやっていただけないでしょうか」

すると、脇から小肥りの侍が、

「おい、見習い。このお方は旗本脇田清右衛門さまのご子息の清十朗どのだ。引っ込んでいろ」

「清十朗……」

剣之助は耳を疑った。酒臭い匂いを撒き散らし、にやついている酷薄そうな男が志乃の夫になる。そう思うと、身内が震えてきた。

野次馬がたくさん集まって来たため、清十朗たちはおとなしく引き上げて行った。

だが、それからしばらくして、脇田清十朗が奉行所の帰りを待ち伏せていたのだ。

「おぬし。志乃どのに懸想をしているようだが、もう二度と志乃どのに会うな。わかったな。もし、会うことがあれば、命をもらう」

どうして剣之助と志乃のことを知ったのか、清十朗は憎々しげに口許を歪めて威《おど》した。

剣之助は小石川春日《かすが》町の角を水戸家の屋敷の塀に沿って曲がり、神田川に出た。すっかり夜になっていた。

それにしても、脇田清十朗はなぜ、こんな非道な手段に出たか。それほど、志乃を我がものとしたいのか。

水道橋《すいどうばし》、御茶《おちゃ》の水《みず》を通り、聖堂《せいどう》の脇を抜けて、筋違橋を渡った。

改めて、脇田清十朗の覚悟のほどを知り、剣之助は心の臓を鷲掴みされたようになった。志乃にまで強引な真似を……。

その不安にかられたとき、剣之助にぶつかって来た男がいた。剣之助が身をかわすと、男がそのまま前につんのめって地べたに倒れ込んだ。

「だいじょうぶですか」

剣之助は助け起こそうとした。

「待て。そいつを捕まえてくれ」

声がし、走って来る人影があった。

男はすぐに起き上がり走り去ろうとした。そこを剣之助が足をかけたものだから、今度はもんどり打って倒れた。

ふたりの男が駆けつけ、倒れている男に飛び掛かった。

「お侍さん。ありがとう存じました。あっしは、南の旦那から手札をもらっている吉蔵と申しやす」

あとからやって来た岡っ引きが、剣之助に礼を言った。

「いえ。それより、この者は何をしたのですか」

「ひとを殺《あや》めました」

そう言ったとき、男を取り押さえた手先が叫んだ。

「親分。こいつは政吉じゃありませんぜ」

「なんだと」

吉蔵が飛んで行った。

「あっ。てめえは何やつだ。なぜ、逃げたんだ？」

「てやんでえ。てめえたちが勝手に追いかけて来たんじゃねえか」

捕らえられた男が呻《うめ》くように言う。

「おい。しょっぴけ」

吉蔵は大声で言い、

「お侍さん。どうもお騒がせしやした。政吉って男じゃなかったみてえですが、どこか脛《すね》に傷を持つ男のようですから連れて行きやす」

と、剣之助に顔を向けて言った。

ふと、誰かに見つめられているような気がした。小石川からずっと付けて来たのか。剣之助は鯉口を切り、刀の柄に手をやった。

しばらく、暗がりを見つめていたが、やがて殺気が引いて行った。

四

翌日の昼過ぎ。神田明神下《みょうじんした》にある金貸しの『一文屋』の戸口に人影が現れた。影になっていて顔は見えないが、背格好で誰であるか、角兵衛はわかった。

蝮《まむし》の吉蔵という岡っ引きだ。さすがの角兵衛も、この男の顔を見るといい気持ちはしない。

「ちょっとききてえことがある」

「なんでございましょう」

角兵衛は吉蔵の用事を必死に考えながら、顔には愛想笑いを浮かべた。

「深川島田町に住んでいるおつたって女はおめえの女房っていうのはほんとうかえ」

「親分、おつたが何か」

角兵衛は動揺を隠してきいた。

「どうなんだ」

「へい、そのとおりで。親分さん。いってえ、何が？」

角兵衛は不安を抑えてきいた。

「おめえの女房にしちゃ、ずいぶん歳が離れているようだが」

吉蔵は口許を歪めた。

「はい。三年前に家内を亡くし、おつたを後添《のちぞ》いにもらいました」

角兵衛は四十になる。おつたとは二十近い歳の差だ。

「大方、金で縛《しば》ったんじゃねえのか。いや、そんなことはどうでもいい。おめえ、政吉って男を知っているかえ」

「政吉ですか。さあ」

「『菊もと』で板前をやっていた男だ。博打好きの女たらしだ」

角兵衛は思い出した。『菊もと』はこの近くにある料理茶屋だ。

「確か、やめさせられた男ですね」

おつたの働いていた楊弓場でときたま見かけた男がいた。苦み走ったいい男で、女たちに人気があったのを覚えている。

「そうだ。博打にうつつを抜かしたり、手当たり次第に女に手を出したり、どうしようもない男だった」

おつたのことが頭をかすめ、不安が微かに胸を過《よぎ》った。なぜ、この岡っ引きは、そんな男のことをわざわざ聞きに来たのか。

「政吉は板前をやめさせられたあと、おたまという『菊もと』の女中といい仲になった。そのおたまがある侍の妾になったあとも、ふたりの仲は続いた」

吉蔵が何を言い出すのか、角兵衛は見当もつかない。

「おたまは、旦那がやって来ない日に、政吉を家に引き入れていた。おそらく、旦那から引きだした金を政吉に貢《みつ》いでいたんだろう。いや、政吉に与える金を工面するために、侍の囲い者になったのかもしれねえ。まあ、そんなことはどうでもいい。おう、一文屋」

「へい」

「その政吉とおつたとどういう関係なんだ?」

「えっ、おつたがどうかしたんですかえ」

「いいから、俺の問いに答えろ」

「へえ。おつたは天神下の楊弓場で働いていた矢場女です。そこで、政吉を何度か見かけたことがあります。ですから、おつたと政吉は顔見知りだと思います」

そう答えてから、

「親分さん。政吉は何をやらかしたんですかえ」

と、角兵衛はきいた。

「四日前、おたまを殺したんだ。奴の住まいに行ったが、逃げられてしまった」

吉蔵は忌《い》ま忌ましく言い、

「政吉を見つけ俺の手先が追った。そして、政吉が逃げ込んだのがおつたの家だった。手先が応援を待って踏み込んだときは、政吉は逃げたあとだった」

「おつたは何と?」

「来なかったととぼけたぜ。だが、手先は政吉がおつたの家に入るのを見ていたんだ。言い逃れは出来ねえ」

「おつたが政吉を逃がしたってことですかえ」

「おそらくな。金も貸したに違いねえ」

ときたま、おつたの所に行き、違和感のようなものを覚えたことがある。さては、あれは政吉が来ていた痕跡だったか。

おつたの奴は、ときたま政吉を家に引き入れていたのか。ちくしょうと、角兵衛は口許を歪めた。

その顔つきを見て、吉蔵は冷笑を浮かべた。

「おつたが政吉の逃げた先を知っているかもしれねえ。おめえにそれを聞き出してもらいてえ。そしたら、おつたのことは目を瞑《つむ》ってやる。政吉を逃がした罪は問わねえ」

「わかりやした。おつたを問い質《ただ》してみます」

「うむ。頼んだぜ」

吉蔵はふと思い出したように、

「手先が踏み込んで家捜しをしたんだが、離れに薄気味悪い男がいたと言っていた。おつたは、おめえが助けた男だと言うが、それはほんとうか」

「へい、釣り船にひっかかったんです」

「あの男の素性はわからないそうだな」

「へい。じつはすっかり記憶を失っているんです。自分の名前も、今まで何をしていたかもわからないのです。もちろん、なぜ、川にはまったかも。親分さん、あの者に何か」

「いや、なんでもねえ。それより、おつたのことは頼んだぜ」

「へい」

吉蔵が出て行ったあと、角兵衛の胃がきりりと痛んだ。

政吉か。やけに女どもに人気のあった男だ。他人の女に手を出すのが好きというとんでもない男だった。まさか、おつたにまで手を出していたとは思いたくない。

すぐにも飛んで行きたいが、角兵衛は立ち上がることが出来なかった。

ふと目の前に影が生じた。顔を上げると、土間に若い侍が立っていた。入って来たのに気づかないほど、角兵衛はおつたのことを考えていたのだ。

「清十朗さまではありませんか」

旗本脇田清右衛門の次男清十朗である。部屋住の鬱積《うっせき》を晴らすかのように、悪い仲間と夜毎悪所に入り浸っている男だ。

脇田清右衛門は五百石取りの新番組頭である。御小姓番、御書院番と共に、将軍のお側近くに仕える新番組の組頭ということで羽振りを利かせ、出入りの商人にも無理難題を吹っ掛けることもある。

御番入りは嫡子でなければならない、次男坊の清十朗を不憫に思ったのか、清右衛門は清十朗をわがままいっぱいに育てたのだろう。

往来で商家の丁稚《でっち》が打ち水をしていると、わざと自分からひっかかって、そこの主人から金を脅し取ったり、料理屋に行けば、さんざん呑み食いしたあとで、女中が粗相をしたと因縁をつけては勘定を払わなかったり、敵娼《あいかた》の遊女が生意気だと抜き身を振り回して暴れたり、道で見かけた町娘を強引に出会茶屋に連れ込んだりと、清十朗の悪行は数えきれない。

ゆすり、たかりなどで金を得ているらしいが、ときたま、ここに金を借りに来る。ほとんど返って来ない。だが、清十朗に取り入っておけば、この先、何かと役に立つという思いがある。

「また、お金でございますか」

角兵衛はわざと顔をしかめた。

「違う。頼みがある」

清十朗は食いつきそうな目でいう。

「なんで、ございましょうか」

「ここじゃ話しづらい」

戸口を気にした。いつ客が入って来るかもわからない。

「では、奥で話を聞きましょう」

角兵衛は清十朗を部屋に上げた。

内庭に面した部屋で向かい合うと、清十朗が切り出した。

「腕の立つ浪人を世話してもらいたい」

「腕の立つ者ですか」

角兵衛は、薄い唇のにやけた感じの男を見つめた。

「まず、何をなさるか教えてくださいますか」

「ある男を斬ってもらいたい。いや、殺すまでもない。手足を二度と使えなくしてもらえればいいのだ。ただ、相手は若いが直心影流の遣い手だ。手強い」

「素性は？」

「与力見習いの青柳剣之助という男だ」

「青柳剣之助？　もしや、あの青痣与力の……」

「そうだ。伜《せがれ》だ」

「わけを聞かせていただけますか」

驚きを隠し、深呼吸をしてから、角兵衛はきいた。

「それは……」

清十朗は目に戸惑いの色を浮かべた。

「恋敵《こいがたき》でございますね」

角兵衛は含み笑いをした。

清十朗は二十二歳、剣之助も十六、七であろう。若さに関係なく、男同士の諍《いさか》いの大半の理由は女の取り合いだ。

男なら青柳剣之助と勝負をしてみろと言いたいが、清十朗にはそんな勇気も腕もないのだろう。あるのは策略を用いる悪賢《わるがしこ》さだけだ。

「よろしいでしょう。腕の立つ者を遣わせましょう」

角兵衛はある考えが閃《ひらめ》いたのだ。

「頼む」

清十朗はほっとしたような顔をした。

「お殿さまにご心配をあまりおかけしないように」

角兵衛はそれとなく日頃の行動を注意した。

「わかっている」

清十朗は乱暴に言って立ち上がった。

「俺もこんな状態から抜け出せれば、まっとうになれるのだ」

清十朗はいらついたように言い残して引き上げて行った。

部屋住の身分が清十朗をひねくれた性格にしているのだろう。だが、それだけではない。清十朗が養子に行ったとしても、性分は変わらないだろう。

しかし、そのことは角兵衛には関係ないことだった。

すでに、角兵衛は清十朗のことより、助けた男の腕を試すいい機会が訪れたと思い始めていた。一切の記憶を失ったとしても、殺しの腕は忘れていないはずだ。いや、そのことだけでも、思い出させてやらねばならないのかもしれない。

それから、角兵衛は店を閉め、戸締りをして、店を出た。

深川島田町の別宅にやって来た。

居間に行き、角兵衛は辺りに目をはわせた。おつたが角兵衛の後ろにまわり、羽織を脱がせた。

角兵衛は長火鉢の前に腰を下ろした。

「おつた。俺の留守中、誰か来なかったか」

おつたの顔色が変わった。

「来たな。誰だ」

「町方が」

「何の用だ？」

おつたは目を伏せた。

「政吉のことだろう」

「はい」

「政吉が来たのか」

おつたは言いよどんでいる。

角兵衛は立ち上がった。

「離れの侍のところに行って来る」

おつたは何かを言いかけて、すぐ口を閉ざした。

離れで、男は柱に寄り掛かっていた。

「大川《おおかわ》さま。だいぶ、顔色もよろしくなりましたな」

隅田川に漂流をしていたので、角兵衛は男のことを、大川と呼んだ。

「いや」

首を横に振って、大川は気のない返事をした。

「思い出せませんか」

「だめだ」

「焦《あせ》る必要はありませぬ」

「そなたは、俺のことを知っているようだな」

「はい。存じあげております」

「なぜ、話してくれぬのだ」

「そのときが来れば、お話しいたしましょう。それまでは我慢してください」

「ちっ」

「大川さま。一つ、腕を試されてみませんか」

「腕を？」

「はい。大川さまはやっとうの腕は相当なものなのです。その腕まで、忘れたということはありますまい。それに、剣を持てば、昔の自分を取り戻せるかもしれません」

「俺は侍だったのか」

「はい。浪人でございました」

「そうか。俺は浪人か」

「いかがでございましょうか」

「以前の俺はそういうことをやっていたのか」

「はい」

「そうか」

大川は苦笑した。

頭の中に黒い靄《もや》がかかっている。それが、ときおり薄くなる。そこから索漠《さくばく》たる風景が見えた。

大川の顔は悲しみに沈んだように思えたが、それは一瞬だった。

「やってみよう。昔の自分を取り戻すためにも」

「安堵《あんど》しました」

おそらく、この男にとっては、昔を思い出さないほうが安穏《あんのん》な心を保てるかもしれない。しかし、記憶が失われたままで幸せだろうか。たとえ、どんな過去であろうと、過去とのつながりのない今はあり得ない。

「明日にでも、刀剣屋から刀を買い求めましょう」

角兵衛はふと眉を寄せ、

「大川さま。ちょっとお伺いいたしますが、おつたのところに苦み走った顔立ちの男が忍び込んできませんでしたか」

「俺は気づかなかった」

大川は表情を変えずに言う。

嘘か真《まこと》かわからなかったが、大川が嘘をつく理由はない。政吉は現れなかったということだろうか。いや、そんなはずはない。

「それでは、また明日」

角兵衛は立ち上がった。

おつたのところに戻った。

おつたが顔色を窺うように角兵衛を見た。なぜ、そんな目をするのだと、角兵衛は怪しんだ。

「なんだ？」

「いいえ」

「隠すな。ほんとうのことを言え」

「はい。政吉さん、確かに、見えました。でも、すぐ、出て行きました」

「金を渡したのか」

「はい」

「いくらだ？」

「三分」

「あいつはひとを殺して逃げているのだ」

角兵衛はおつたの顔を見つめた。

「おまえたちは、俺の目を盗んで会っていたのか」

「違います。それは違います」

「もういい」

「聞いてください。政吉さんは、楊弓場のときの知り合いということで、ここに救いを求めに来たのです」

「おまえがここに住んでいることを、どうして政吉が知っているんだ」

「以前、八幡さまの境内で偶然に会ったのです」

「それから、政吉がときたまここに忍んできたってわけか」

「違います」

角兵衛はじっと睨《にら》みつけた。が、おつたはその視線から逃れるように外した。

「政吉はどこに逃げたのだ」

「わかりません」

角兵衛はじろっとおつたを睨みつけた。

「いいか。町方はおめえが政吉を逃がしたと思っているんだ。政吉の逃げた場所を言わないと、町方はおめえをしょっぴくと言っている。それでもいいのか」

「そんな。それに、政吉さんはおたまさんを殺していないそうです。殺したのは、おたまさんの旦那……」

「政吉に惑わされおって」

「違います。殺したのはおたまさんの旦那です。その旦那というのは奉行所の与力だそうです」

角兵衛は聞きとがめた。

「奉行所与力だと?」

「そうです。おたまさんの旦那は奉行所の与力だったそうです。それも偉い方だったということです」

「ほんとうに、政吉がそう言ったのか」

「はい」

「名前は聞いているか」

「聞いています。蒲原与五郎というひとだと。それに証拠があります」

「証拠だと？」

「これです」

おつたは帯の間にあったものを差し出した。

「なんだ、これは。根付じゃねえか」

「これが、その蒲原与五郎というひとのものだそうです。政さん、これを忘れて逃げて行ったのです」

角兵衛は顎に手を当てた。

「もし、これがほんとうだとしたら」

角兵衛の頭の中でさまざまな考えが生まれては消えた。

もし、これが事実なら、奉行所の首根っこを捕らえたと同じだ。まず、事実かどうか、それを探る必要がある。

「このことは黙っているんだ。誰にも言ってはいけない。いいな」

「はい」

「おい、それより、政吉が逃げる場所に心当たりがないのか。もし、政吉が無実なら、このまま逃げまわっていては不利になるだけだ。たとえ捕まっても、取調べの同心に訴えるべきだ。そうは思わないか」

おつたは小さく頷いた。

「向島の請地村の飛木稲荷の近くの、今は使われていない百姓家のことを教えました。ほんとうにそこに行くかどうかはわかりませんけど」

「よし。よく話してくれた」

角兵衛は立ち上がり、

「あとで、大川さんに酒を持って行ってやれ」

「いつまで、あのひとをここに置いておくんですか。ちょっと、怖いんです」

「怖い？　だいじょうぶだ。医者の話では、あの男の魔羅は役に立たないそうだ。女を見ても欲望は起きない。だから、安心してお前に世話をさせているんだ」

「それはわかっていますけど」

「心配ない」

角兵衛は突き放すように言った。

「帰る」

角兵衛は部屋を出て行こうとした。

「あれ、きょうはお泊まりでは?」

「やることがあるのだ」

角兵衛は家を出た。

案の定、岡っ引きの吉蔵が見張っていた。角兵衛は吉蔵の所に歩いて行った。

五

四月三日の昼下がりである。

高い樹の梢《こずえ》で鳥が啼《な》いた。羽音を立てて、数羽の鳥が本堂の屋根に飛んで行った。

西岸寺の鐘楼の裏手で、剣之助は志乃とようやく会うことが出来た。

「どうしたらよいのか、わかりません」

志乃は頰を涙で濡らした。

「私といっしょにどこか遠くへ行きましょう。ご決心なさい」

剣之助は昂《たかぶ》る気持ちを抑えて言う。

「私の心は決まっております。あのお方の妻となるくらいなら死んだほうがましです。でも、剣之助さまの一生を台無しにしてしまうかと思うと、胸が張り裂けそうで」

志乃はやりきれないように言う。

「このままなら、あなたの一生こそ台無しだ。私は侍を捨ててもいいと思っています。あなたといっしょなら、どんな苦難にも耐えることが出来ます」

婚礼の日が刻々と迫っている。

あの脇田清十朗は表と裏の顔を使い分けている。志乃の両親の前では善良ぶっているが、実際はさんざん悪いことをやり、自分勝手な男なのだ。

剣之助の道場仲間に脇田清十朗を知っている男がいた。その男から、脇田清十朗は女中を手込めにし、身籠もらせたことがあったと聞いた。その女中は暇《ひま》を出されたあと、自害したらしい。ひとの妻女にも手を出したという噂もある。町中での狼藉《ろうぜき》振りは、剣之助も目にしたことだ。

何か問題があっても、父親が金で片を付けてくれるので、清十朗はやりたい放題だという。

先日、侍に襲われたが、あれも脇田清十朗に頼まれた輩《やから》だ。そんな男に、志乃を渡すわけにはいかないのだ。

志乃をあんな男にとられるくらいなら、志乃を殺して自分も死ぬ。剣之助はそこまで思っているのだ。

「わかりました。剣之助さんに従います」

こぢんまりした顔にちょっと突き出たような鼻梁《びりょう》。涙で濡れた瞳がきらきらと輝いた。

「志乃どの」

志乃を胸に抱き寄せた。

甘美な香りが剣之助を夢心地にさせたが、すぐに我に返り、

「志乃どの。船を明後日の五日に用意してもらいます。決行は明後日です。詳しいことはおよねさんに伝えます」

「明後日ですね。わかりました。理由をつけて屋敷を出ます」

「およねさん」

剣之助は山門の脇で、坂本時次郎といっしょに見張りをしているおよねを呼んだ。

およねがやって来た。

「明後日、実行に移すことにしました」

剣之助は昂る気持ちを抑えて告げた。

「そうですか」

気持ちを確かめるように、およねは志乃の顔を見た。

志乃が頷いた。

「およねさんの実家はだいじょうぶなのですね」

「はい。悪いようにはしないはずです」

江戸を離れ、およねの実家の酒田《さかた》に行くつもりだった。まず、深川から栃木《とちぎ》までの船に乗り込むのだ。

酒田にどんな暮らしがあるのかわからない。父と母を裏切り、妹を捨てて行く。父が奉行所内でどんな窮地に立たされるか。尊敬を集めていた母が皆からどんな目で見られるのか。

己の身勝手さが家族を地獄に落とすであろうことは想像出来た。それでも、剣之助にはこの道しかなかった。志乃を救えるのは自分しかいないのだ。

「おい、誰か来る」

山門にいた坂本時次郎が駆けて来た。

剣之助は志乃に声をかけた。

「それでは、明後日の夜」

「はい」

およねにも目顔《めがお》で挨拶し、剣之助と時次郎は本堂の裏手に隠れた。

志乃とおよねは山門に向かった。

山門から、恰幅のよい男が入って来た。町人だ。志乃たちとすれ違った。その男は本堂の前に立ち、手を合わせた。

剣之助は裏門から出て通りに向かった。

剣之助と坂本時次郎は途中、先日襲われた場所を通った。だが、きょうは襲撃者はいなかった。

水戸家の屋敷前を過ぎてから、

「剣之助。やっぱり、やるのか」

と、時次郎がきいた。

「ああ、やる。おまえには迷惑をかけてすまないと思う」

返事がなかった。

時次郎は泣いていた。

「寂しい。剣之助と別れるのは寂しい」

「ありがとう。時次郎の友情は生涯忘れない」

剣之助も胸に迫って来るものがあった。

いっとき、立ち止まり、悲しみが去るのを待ってから再び歩き出した。

水戸家の屋敷の角を神田川方面に曲がり、水道橋に出て御茶の水を過ぎ、途中にあった船宿から剣之助と時次郎は船に乗って八丁堀まで帰った。


時次郎と別れ、剣之助が屋敷に着いたときには、すでに夕暮れが迫っていた。るいの部屋から琴の音がしている。

剣之助は廊下に佇《たたず》み、その音色に耳をそばだてた。

美しい音色だった。なぜか、心にしみた。

ふと、琴の音が止んだ。

「兄上」

気配に気づいたのか、るいが顔を向けた。

「ずいぶん上達したものだ」

剣之助は微笑《ほほえ》んだ。

「恥ずかしゅうございます。今度、お師匠さんの会で、弾くことになったのです。ぜひ、兄上もいらっしゃってください」

「そうだな」

剣之助は胸が痛んだ。

「兄上、どうなさいましたか」

「いや、なんでもない。るいがますます母上に似て来たと思ってな」

「まあ、ほんとうですか。うれしい。お美しい母上に似てきたなんて」

素直に喜ぶ妹にいとおしさを感じた。

「るいは好きなひとが出来たか」

「まあ、いきなり、何を言い出すのですか」

るいが頬を赤らめた。

俺はこの妹とも別れ、懐かしいこの家を捨てて行くのだ。ふいに胸の底から突き上げてくるものがあって、剣之助は目をそらした。

多恵がやって来た。

「剣之助、帰っていたのですか。父上が今度の非番の折りには釣りに行きたいと仰っておりましたよ」

「釣りですか」

「いつぞやは、剣之助のほうがたくさん釣ったとかで、父上はたいそう悔しそうでした、今度は負けないと意気込んでおりました」

向島辺りまで出て、船の上から糸を垂れたことがあった。あのときは、どういうわけか、剣之助のほうにばかり当たりがあり、父が渋い顔をしていたのを覚えている。

「父上は？」

「さっき、宇野さまのところに」

「そうですか」

ふと、自分を見つめている母の顔に気づいた。

「母上、何か」

「なんだか、剣之助の目が燃えているように思えたのです。それも激しく」

剣之助は動揺した。

「どうしてでしょうか。母上、失礼します」

剣之助は自分の部屋に入った。

部屋の真ん中で崩れるように座り込んだ。唇を噛《か》みしめた。五体が引き裂かれそうになった。

いつの間にか、部屋の中が暗くなって来た。

六

また、一日が終わろうとしている。

夜になって、政吉は請地村の飛木稲荷にほど近い場所にある廃屋になった百姓家に帰って来た。

疲れた体で板の間の汚れた茣蓙《ござ》の上に倒れ込んだ。きょうも板前時代に知り合った女の家にまで行こうにも、町方の目が厳しく近づけそうにもなかった。

町方は、政吉の知り合いをすべて調べ上げ、そこに手先を張り込ませているようだ。本所の賭場に行ってみたが、そこにも町方の手が及んでいた。

八方塞《ふさ》がりだった。江戸の町に戻れば、たちまち見つかってしまう。なぜ、これほど町方は躍起になっているのか。

そのわけを考えて、ぞっと鳥肌が立った。

おたまを殺したのは蒲原与五郎という与力だ。寝物語に自分の本名をおたまに漏らしたのだ。

あの男は俺を下手人に仕立てるに違いない。このまま、下手人にされちゃかなわない。かといって、どうすることも出来ない。捕まったら、もうおしまいだ。下手人は蒲原与五郎だと訴えても、誰も取り合ってくれるはずはない。

（ちくしょう）

政吉は悔しかった。

ふとおたまのことが蘇ってきた。博打と酒に明け暮れ、『菊もと』の板場をしくじったあと、どん底を救ってくれたのはおたまだった。

『菊もと』では女中と板前という関係で、板場に料理をとりに来たおたまとよく顔を合わせた。そのたびに、おたまは恥ずかしそうに俯いた。

おたまは丸顔で、愛敬があった。なにより、明るいのがよかった。

おたまは住込みだったが、ときたま車坂町の長屋にやって来た。それは半年ほど前のことだった。

「木下さまが、私を世話したい者がいるのだがと、言われたの」

「妾になれと言うのか」

「はい。木下さまの知り合いだから、人物はお墨付きだって」

『菊もと』の客の木下伝右衛門は奉行所与力であった。その与力の木下の勧《すす》めとあって、女将も無下《むげ》に断りきれなかったらしい。

「どんな奴なんだ」

「どこかの藩の御留守居役らしいわ」

「もちろん、あたしには好《す》いたひとがいますと言ってやったんだろうな」

政吉は笑いながら言った。

だが、おたまから意外な言葉が返ってきた。

「お手当てが、たんともらえるかもしれないわ」

「おい、おたま。何を考えているのだ」

「あたし、いつか政さんと小料理屋をやりたいの。政さんの腕、このままじゃもったいないわ。そのためにはお金をためなきゃ」

「ばかやろう。俺のためにそこまでしなくても……」

「違うわ。私は政さんといっしょにお店を持つのが夢なの。だから、もう博打もやめて欲しい」

「おたま。おめえって奴は」

「他の男の囲い者になっても、私を嫌いにならないで。お願い」

おたまは俺のために囲い者になったのだ。そんなおたまを殺しやがって……。よりによって、奉行所の与力なのだ。

（おたま）

怒りと悔しさに身を震わせた。真っ暗な天井に、蒲原与五郎の顔が浮かんだ。

疲れているのに、なかなか寝つけなかった。何度も寝返りを打っていたが、いつの間にか寝入ったようだった。


朝陽が壁の割れ目から射してきた。

外に、微かな足音が聞こえた。はっとして、政吉は戸口まで進んだ。

破れ戸の隙間から外を見ると、数人の男が近づいて来る。尻端折りをした町方らしい身形《みなり》の男たちだった。

あわてて、政吉は竈《かまど》の陰に身をひそめた。

戸が開いた。陽光が土間の真ん中まで射した。政吉は息を呑んだ。

戸口に男が立っている。陽を背に受け、翳《かげ》になっていて顔はわからない。しかし、胴長短足の体つきから、政吉はある男を想像した。

「政吉。出て来い」

蝮の吉蔵だ。なぜ、ここがわかったのかと、政吉は啞然《あぜん》とした。

とっさに思い浮かんだのはおつただ。まさか、おつたが……。

いや、おつたが喋ったとしか考えられない。ちくしょう、おつたが俺を……。

吉蔵の後ろから巻羽織に着流しの侍が現れた。八丁堀の同心だ。

「おい、踏み込め」

吉蔵が手先に言う。

政吉は飛び出し、座敷に向かった。

「あっ、待ちやがれ」

手先が騒いだ。

政吉が板敷きの間に駆け上がり、囲炉裏を跨《また》いで座敷に走り、雨戸に思い切り体当たりをした。

雨戸が外れて倒れ、政吉は庭に転がって飛び出した。

すでに、吉蔵が先回りをしていた。

「政吉。世話を焼かすんじゃねえ」

倒れている政吉の目の前に足が見えた。襟首を掴んで立ち上がらせると、吉蔵が思い切り政吉の顔を拳《こぶし》で殴《なぐ》った。口から血が吹き飛び、政吉はじべたに倒れ込んだ。頭がくらくらする。

気がついたとき、政吉は後ろ手に縛《しば》られていた。

「世話を焼かせやがって」

吉蔵が毒づいた。

「俺じゃねえ」

叫んだ拍子に、また口の中から血が飛び出た。

吉蔵の横で、同心が冷たい目を向けていた。


政吉は手先に縄尻をとられ、両国橋を渡った。行き交う者は薄気味悪げに見て行き過ぎる。

誰も俺の言うことなんて聞いちゃくれねえ、と政吉は絶望に襲われていた。自分に味方はいないのだ。

青い空がやけに目に染みた。橋を下りると、朝から立っていた近在の野菜を商う青物市場が終わったばかりで、そのあとに小屋掛けを設《しつら》えているところだった。

午後になれば、軽業とか芝居とか、矢場遊びの小屋掛けがたくさん並び、大いに賑《にぎ》わうことだろう。

だが、俺はもう二度と、そんな光景を見ることは出来ないだろう。これが娑婆《しゃば》の見納めになるかもしれないと思うと、涙が滲《にじ》んで来た。

政吉は佐久間《さくま》町の大番屋に連れて行かれた。

政吉は土間に座らせられた。

「政吉に相違ないな」

羽子板のような平板な顔に、ひとを射すくめるような鋭い眼光。南町定町廻りの八島重太郎と名乗った同心がきいた。

「へい」

政吉は小さく頷いた。

「小網町に住む、おたまなる女を知っているな」

「知っているけど、俺じゃねえ。おたまを殺したのは俺じゃねえ」

「身に覚えがないと申すのか」

「そうです。あっしじゃありません」

政吉は言っても無駄だと思っても、言わずにはいられなかった。

「政吉。しらっぱくれても無駄だ。おたまは頸を絞められて殺された。その時刻、逃げるようにおたまの家から出て行くおまえの姿を見ていた者がいるのだ」

八島重太郎は鋭く言い放った。

「確かに、おたまの家に行きました。でも、そこにおたまの旦那がやって来たんです。あっしはその旦那に追われて逃げ出したんだ。殺して逃げたわけじゃありません」

「偽りを申すか」

「嘘じゃありません」

政吉は八島重太郎から吉蔵に目をやった。

「いいか。おたまの旦那は、その日、家には行っていないんだ」

「嘘だ。やって来たんだ。それで、嫉妬に狂ったんだ」

「この野郎。まだ、しらっぱくれやがって」

吉蔵は政吉の頬を拳で殴った。

政吉は仰向けに吹っ飛んだ。

「やい。今さらじたばたするんじゃねえ。ありていに言うんだ」

政吉は口の中に血が広がるのがわかった。ぺっと血を吐き出し、手をついて政吉は体を起こした。

「ちくしょう。いくら下手人が奉行所の与力だからって俺を身代わりに仕立てるなんて汚ねえ」

政吉は口の中の血と共に吐き出すように言った。

「おう、政吉。今なんて言ったんだ。てめえ、よりによっていい加減なことを言いやがって」

吉蔵が顔面を足蹴《あしげ》にした。今度は鼻血も噴き出し、政吉の顔面は真っ赤になった。

「嘘じゃねえ。蒲原与五郎って与力だ。奴がおたまを殺したんだ」

苦しい息の下から、政吉は言う。

「おたまの旦那は、ある藩の家臣で大浦亀之進というお方だ。てめえだって、知っているはずだ」

「嘘だ。そんなんじゃねえ。おたまがはっきり言った。与力の蒲原与五郎だって。聞いてくれ。木下伝右衛門という与力の世話で蒲原与五郎の……」

「政吉」

いきなり、八島重太郎が抜刀した。

「言い逃れのためとはいえ、そのような名前を出すとは、なんという不届き者なのだ。今度、そんなことを言ったら、この切っ先をおめえの目ん玉にぶち込んでくれる」

八島重太郎は切っ先を政吉の鼻につけた。

政吉は肩を落とした。やっぱし、俺の言うことなんて聞いちゃくれないのだ。

罪状は認めなかったが、おたま殺しの容疑が濃いということで、八島重太郎は口書をとったあと、政吉の入牢中付書を作った。

同心の八島重太郎が入牢証文をとりに奉行所に行っている間、吉蔵は改めて政吉に問いかけた。

「おい、政吉。おめえ、どうして、蒲原与五郎という名前を知っていたんだ」

柱に縛られている政吉が傷だらけの顔を上げた。

「おたまから聞いた。ほんとうだ。俺は顔まで見ている。おたまの旦那は八丁堀の与力だ。嘘じゃねえ」

「木下伝右衛門の名もおたまからか」

「木下さまは何度か『菊もと』で見かけたことがあった」

「おう、政吉。てめえ、たいへんなことを言っているんだ。よりによって、八丁堀の与力を人殺し呼ばわりしているんだ。自分が何を言っているのか、わかっているのか」

「わかっている。信じちゃくれねえこともわかっているさ」

「おめえの言うことが真実だと証明することが出来ねえってことか」

「そうだ。いくらお白洲《しらす》で訴えたって、お奉行だって信じちゃくれめえ。蒲原与五郎にとぼけられたらどうしようもねえ」

吉蔵は政吉の顔を見た。嘘をついているようには思えない。

「俺がどんな理由でおたまを殺さなきゃならねえんだ。おたまは……」

政吉は声を詰まらせた。

吉蔵は政吉の前から離れた。

大番屋を出て、吉蔵は松助に命じた。

「『菊もと』に行き、八丁堀の与力木下伝右衛門と蒲原与五郎がよく来るか、確かめて来い」

「へい」

吉蔵は神田川の土手まで行った。

吉蔵の耳に、政吉の声がこびりついている。政吉の口から蒲原与五郎と木下伝右衛門のふたりの名が出た。

ふたりとも実在することは知っている。

この事件は最初から腑に落ちないことがあった。まず、おたまの旦那と名乗って出た大浦亀之進の態度だ。

おたまを失った悲しみがあまり伝わって来なかった。それより、名を伏せて来たのに、おたまが亡くなったあと、今度は堂々と顔を晒《さら》すようになった。どこか不自然だ。

そこにもってきて、政吉の訴えだ。

おたまは、与力の木下伝右衛門の世話で、同じ与力の蒲原与五郎の妾になることになったという。

嘘をつくにしても、与力の名前を出すだろうか。

四半刻（三十分）余りで、松助が戻って来た。

「親分。木下伝右衛門はよく来ていたそうですぜ。蒲原与五郎は以前に一、二度来たことがあったそうですぜ。それから、おたまの妾話は、木下伝右衛門から持ちかけられたってことです」

「そんとき、蒲原与五郎の名は出していないのか」

「へえ。さる藩の御留守居役とだけ」

「そうか。ご苦労だった」

ふと思い出したのは、おたまが殺された日のことだ。あの夜、八島重太郎のお供で八丁堀に帰って来たとき、海賊橋を渡ったところで、蒲原与五郎と出会ったのだ。

蒲原与五郎はどこかに出かけた帰りのようだった。

（まさか……）

あのあと、蒲原与五郎と八島重太郎のふたりは話をしているのだ。

八島の旦那は真相を知っていて、強引に政吉を下手人に仕立てようとしているのか。

そういうことか、と吉蔵は口許を歪《ゆが》めた。

大番屋に戻り、しばらくして、八島重太郎は入牢証文を持って帰って来た。

「よし、政吉を連れて行くぜ」

「旦那。その前にお話が」

吉蔵は八島重太郎を外に連れ出した。

「旦那。政吉の言うとおりなんじゃありませんかえ」

「何のことだ？」

「おたまを殺したのは、政吉が言うように蒲原与五郎さまでは？」

「なんだ、奴の世迷い言を信じているのか」

「旦那。あっしにまで隠すなんて水臭いですぜ」

八島重太郎は眉を寄せた。

「おたまの旦那だと言って名乗り出た侍は替え玉だ。違いますかえ。大浦亀之進という侍を徹底的に調べれば、おたまの旦那じゃないってことはすぐわかってしまうんじゃないですかえ」

「吉蔵。てめえの目はごまかせなかったか」

八島重太郎は苦い顔をして、

「いいか。おたまを殺ったのは政吉だ」

「でも、そいつは……」

「待て。これからはふたりだけの話だ。いいな」

「へい」

「おめえの言うとおりだ」

「じゃあ、やっぱし、蒲原さまが？」

「そうだ。真の下手人は蒲原さまよ。ふだん偉そうな顔をしていても、嫉妬にかられちゃ単なるちっぽけな男だ。侍ともあろう者が斬り殺したのならまだしも、頸を絞めたなど、恥ずかしいわい」

八島重太郎は嘲笑《ちょうしょう》のような笑みを引っ込め、

「だが、そうも言っていられない。八丁堀の与力がひとを殺したなどと世間に知れたら、奉行所の威信にかかわる。ここはどうしても真相を隠さねばならない。政吉には可哀そうだが、下手人になってもらうしかねえんだ」

「ですが、旦那。お白洲で、政吉は蒲原さまの名を出しますぜ。もちろん、蒲原さまは知らぬ存ぜぬでお通しなさるつもりでしょうが、吟味方か、あるいはお奉行が聞きとがめたらどうなさいます？」

八島重太郎は声をひそめ、

「あくまでも知らばくれるしかねえ。途中、わざと逃がして斬り捨てることも考えたが、いくらなんでもそこまではやり過ぎだからな。だが、牢内での変死ってこともある」

「牢内で変死？　まさか……」

「ほんとうは二間牢に押込みたかったが、政吉はいちおう人別帳に名があるからな。まあ、それでも牢内じゃ、囚人が死んでも誰も怪しまぬ」

そうか。政吉を牢内に送り込んで、囚人の誰かに殺させるつもりなのだ。

牢には、一般庶民の入る大牢と無宿人の入る二間牢がある。いちおう、政吉は人別帳に名前が記載されているので、無宿人ではない。したがって、大牢に入るのだが、一般庶民が入るといっても皆犯罪を犯した者ばかりだ。

確かに、二間牢でのように大便を口の中に詰め込んで殺すような真似《まね》はしないが、大牢でも同じような私刑は起きている。

「吉蔵。ここまで話したからには協力してもらうぜ。いいな」

「へい」

吉蔵の背筋に冷たいものが走った。

俺だって悪人だが、そこまでは出来ねえ。なんていう男なんだと、八島重太郎が忌《い》まわしいもののように思えた。

「その代わり、片がついたら、蒲原さまにも、おめえのことをよしなに頼んでやる。わかったな」

「へい。ありがとうぞんじます」

「牢に入るとき、政吉につるを持たせるな」

入牢者は皆、髷《まげ》や口の中に隠したり苦心して、銭を牢内に持ち込む。その銭を牢名主に渡さないと、どんな目に遭うかもしれない。いや、殺されることも多い。

八島重太郎は政吉をより過酷な状況に追いやろうとしているのだ。

これが江戸の治安を守る定町廻りの正体なのだと、吉蔵は薄ら寒いものを覚えた。

政吉はその夜一晩、大番屋に留められて、翌日の夕方、牢送りになった。

政吉は小伝馬町牢屋の表門を入り、牢庭火之番所の前まで連れて行かれ、そこの砂利を敷いた所に座らせられた。

同心の八島重太郎から入牢証文を受け取った牢屋同心の鍵役が、その書面に目を通し、政吉の名を確かめたあと、

「相違なく確かに受け取る」

と、明瞭な声で答えた。

そこで任務を終えた八島重太郎は引き上げたが、その際、政吉を見て、口許《くちもと》に意味ありげな冷笑を浮かべた。

次に、政吉は牢舎の外鞘に入れられ、衣類を改められた。

「大牢」

鍵役の同心が呼ぶ。

「へい」

と、大牢内から声がした。牢名主だ。

「牢入りがある」

鍵役は政吉の名前、年齢などを告げた。

「おありがとうございます」

牢名主が答えた。

褌《ふんどし》一つになった政吉が着物を抱えたまま、留口から鍵役に追い立てられるようにして牢内に転がり込んだ。さあ来い、さあ来いと、待ち構えていた囚人が決め板で政吉の尻を思い切り叩いた。

政吉は悲鳴を上げて前のめりになった。そこをふたりの男に両脇をとられ、牢名主の前に連れて行かれた。

苦痛に歪んだ顔を上げると、何枚も積み重ねられた畳の上に髭《ひげ》もじゃの牢名主が泰然と座っているのが目に飛び込んだ。

ひとりが片膝をぐいと政吉の背中に押しつけ、

「やい、娑婆《しゃば》からうせやがった大まごつきめ。素っ首を下げやがれ」

政吉が激痛をこらえて頭を下げた。

「娑婆で何をやった？」

誰かの声がした。背中を押しつけられているので、顔を上げられない。

「あっしは何も」

何もしてないと言いたいが声にならない。

「おう、早く出すものを出しやがれ」

「おう、つるはどうした？」

「申し訳ありません」

「なんだと、一文無しか。この能無しやろう」

激しく罵《ののし》る声が聞こえた。

「おう。どこかに隠しているんじゃねえのか」

大きな男がふたりがかりで政吉を逆さまにした。両足を持ち上げられ、頭に血が上った。政吉は悲鳴を上げたが、見て見ぬ振りをしているのか、牢番は黙っている。足を高く上げられ、そのまま床に頭から落とされた。

政吉は意識を失った。


政吉は寒気がして目が覚《さ》めた。真っ暗だ。ここがどこだかしばらくわからなかった。頭が痛い。体中がひりひりする。

やがて臭《くさ》い匂いに気づいた。厠の傍だ。はっと気がついた。小伝馬町の大牢に入れられたのだ。

殺される。政吉は恐怖に戦《おのの》いた。

「おめえ、何をやったんだ？」

鬢《びん》に白いものが目立つ男が政吉に声をかけた。

「何もやっちゃいねえ」

「どうかな」

「とっつあんは？」

「俺は……。殺っちまった。ふたりだ。嬶《かかあ》と寝盗《ねと》った男だ。包丁で、何度も突き刺してやったさ」

「すっとしたか」

「何がなんだかさっぱりわからなかった。無我夢中で刺した。気がついたら、牢にいたって感じだ。今はばかなことをしたって思うだけだ」

男はぐっと身を乗り出し、

「おめえ、ほんとうにやっていないのか」

「ほんとうだ。やっちゃいねえ」

「だったら、そいつを言うんだ」

「わかった」

そう答えたものの、政吉は暗い牢屋で絶望感に襲われていた。

第三章　駆け落ち

一

四月五日。夕七つ（午後四時）の鐘が鳴る少し前、剣一郎は宇野清左衛門に呼ばれ、年番部屋に向かった。

もう帰宅の時間に、そわそわしている者もいた。

「青柳どの、近《ちこ》う」

宇野清左衛門が小声で言う。

剣一郎が近寄ると、宇野清左衛門は他の者の耳を意識して、さらに声をひそめて、

「じつは剣之助のことだが」

と、切り出した。

「剣之助に何か」

剣之助は今、壁に突き当たっているようだ。深川佃町の『和田屋』のおよしは、志

乃のことを口にしていたが、それだけではないように思える。

「じつは、奉行所内の経費の伝票のまとめを命じておいたのだが」

まさか、経費の使い道で何らかの不正を見つけたのでは、と剣一郎は先走って考えた。

「さきほどまとめた書類を持参した」

「何かございましたか」

「いや。ちゃんとしていた。申し分ない」

剣一郎はほっとすると同時に拍子抜けした。

「しかし、期限まであと三日あるのだ。どうやら、しゃかりきになって仕上げたらしい」

宇野清左衛門は表情を曇らせた。

「剣之助に、ずいぶん早かったのうときいたら、体調が思わしくなく、明日から少しお休みをいただくかもしれませんと答えたのだ」

「休み？」

剣之助からは何ひとつ聞いていない。

「ちょっと気になって、当番部屋の者に確かめてみると、自分が与えられた仕事についてはすべて片づけている様子。いや、それは当然なことであり、期日前にやり遂げるのは立派ながら、剣之助の妙に殺気立った目が気になっての」

剣一郎はすぐに声が出せなかった。

「それに、最近、剣之助の様子が妙だと聞いている。何かあったのかと気になってな」

「お気遣いくださり、かたじけなく存じます。じつは、剣之助の最近の様子に、私もいささか心を痛めていたことがございます」

「そうであったか」

宇野清左衛門は曇った顔に同情を滲《にじ》ませて、

「で、何か心当たりでもあるのか」

「はい、いささか」

だが、好きな女の婚儀が決まったぐらいで、あのように人間が変わってしまうとは思えない。何か、まだ深い理由があるのかもしれないと、思案しながら剣一郎は無意識に顔に手をやった。

「老婆心ながら言ったまでだ。まあ、剣之助からしばらく目を離さないほうがよいかもしれぬな」

「はい」

剣一郎が年番部屋を出ると、ちょうど年寄同心部屋から年番方与力蒲原与五郎や八島重太郎をはじめ何人かの定町廻り、臨時廻りの同心がぞろぞろ出て来た。

隠れ売女の摘発のための打ち合わせを行なっていたのだ。今回は、昨今目に余る通い売女の元締めの摘発に絞るようである。

蒲原与五郎はなるだけ女たちを捕まえず、雇主たちに制裁を加えるという。剣一郎もそれには賛成だった。

剣一郎は、当番部屋を覗いたが、すでに剣之助はいなかった。坂本時次郎の姿もなく、ふたりとも帰ったらしい。

剣一郎は帰り支度をし、重たい気分で番所を出た。

なぜ、剣之助は休むと言い出したのか。

今夜はとことん剣之助と話し合う必要があると思い、そうなると、無意識のうちに足が速まった。

槍持、草履取り、挟箱持、若党らの供の者も黙って早足になる。堀沿いを行って比《び》丘尼《くに》橋を渡り、京橋《きょうばし》川の河岸を行く。

剣之助が帰っているかどうか気がかりだったが、とにかく屋敷に早く辿《たど》り着くことだ。

たかが女ひとりのことで、と口で言うのは簡単だが、剣之助にとっては志乃はかけがえのない女だったのかもしれない。

楓川に沿って歩く頃には夕闇が迫っていた。

もうじき、新場《しんば》橋になる。屋敷まであと少しだと思ったとき、橋の袂からひとりの女が飛び出して来た。丸髷に茶の縦縞の小袖。二十二、三ぐらいか。

その女が剣一郎の行く手を塞《ふさ》ぐように地べたに跪《ひざまず》いた。

「青柳さまとお見受けいたします」

西陽が剣一郎の左頬の青痣をくっきりと浮かび上がらせていた。

「そなたは？」

「私はおつたと申します。ご無礼かと存じましたが、青柳さましかおすがりすることは出来ないと思い、ここでお待ちしておりました」

仔細《しさい》ありげな様子に、剣一郎は話をきいてやろうと思った。

「あい、わかった。まずは立ちなさい」

「はい」

おつたは立ち上がったが、辺りを気にしている。

秘密を要することだろうと察し、剣一郎はおつたを人気のない川っぷちに誘った。すぐ足元に水音がする。供の者は離れた場所で待っている。

「話とは？」

「はい。下谷車坂町に元板前で、政吉という男がおります。この男が小網町に住むおたまという女を殺した罪で牢送りになりました」

剣一郎も知っていた。いちおう、剣一郎も毎日の事件の報告を目にしている。この事件は、政吉という男がおたまの頸を絞めて殺したというものだ。

「でも、政吉さんは殺していません。無実なのです」

「政吉が無実だという証はあるのか」

「はい。ほんとうの下手人は……」

おつたが言いよどんだ。

「どうした。ほんとうの下手人を知っているのか」

「知っています。下手人は、蒲原与五郎という与力でございます」

「今、何と？」

剣一郎は耳を疑った。

「与力の蒲原与五郎さまです」

「おつた。今、そなたは大変なことを訴えている」

「はい。承知しております。でも、政吉さんははっきり私に言いました。おたまさんを囲っていたのは蒲原与五郎さまです」

剣一郎は俄《にわか》に信じられなかった。

「蒲原さまが留守のとき、政吉さんはおたまさんの家に忍び入っていたそうです。でも、この前、ふいに蒲原さまがやって来て……」

おつたの真剣な訴えは、次第に剣一郎の胸を打った。

「じつは、私の家に政吉さんが逃げ込んで来たのです。私とは、以前から顔見知りでした。私を頼って来たのですが、政吉さんは町方に尾行されていて、私の家に入るのを見られてしまっていたのです。町方が応援を待っている間、私は向島の請地村の隠れ場所を教えて、逃がしてやったのです。でも、そのあとで、主人がやって来て……」

「その場所を話したのだな」

「はい。主人は政吉さんがやって来たことを見抜きました。無実ならお白洲《しらす》でほんとうのことを言うべきだと主人は言いました。私もそのとおりだと思ったのです。このままでは、ずっと下手人として逃げ回らなければなりません。それなら、いっそ捕まった上でほんとうのことを訴えたほうがいいと思ったのです。でも」

おつたは苦しそうに息継ぎをした。

「そのあとで、以前、私が楊弓場で働いていたお客の話を思い出しました。岡っ引きのやった罪をかぶせられたことがあったそうです。与力が真の下手人だとしても、政吉さんのせいにされてしまうのではないか。それより、お白洲に出る前に、牢内で殺されてしまうのではないか。そう思うと、いても立ってもいられず、どなたに相談したらよいかと考え、青柳さまの評判をお聞きして、こうして帰りをお待ちしておりました」

「政吉が捕まったのはいつだ?」

「三日前になります」

「三日前か。政吉を捕まえたのは?」

「はい。吉蔵という親分です」

「吉蔵……」

確か、八島重太郎が手札を与えている男だ。

いつぞや、蒲原与五郎と八島重太郎が内庭で何かひそひそ話をしていたが……。いけない、そういう目で見れば何もかも怪しく思えてしまう。そのことは戒《いまし》めねばならぬが、このおつたの真剣な目は一概に切り捨てることの出来ないものがあった。

「あいや、わかった。さっそく、調べてみる。そなたの家はどこだ？」

剣之助のことが頭を掠《かす》めたが、剣一郎はこの件も無下に出来ないと思った。

「それはご勘弁ください。主人にこのことが知れたら、どんな目に遭うか」

「そうか。しかし、別の理由を見つけてそなたに会いに行くやもしれぬ。そのときは、今のことは聞かなかったことにして会おう。この件、さっそく調べてみる」

明日はちょうど非番だった。

「どうぞ、よろしくお願いいたします」

俄《にわか》に信じられない話だった。

おつたが政吉に騙されているだけかもしれない。それに、万が一、政吉の言うことが真実だとして、政吉自身がそう思い込んでいるだけで、真の下手人が蒲原与五郎だという証拠はない。

だが、政吉に無実の可能性があるのなら、なんとかしなければならない。

お白洲に出る前に牢内で殺されるかもしれないというおつたの不安も気になった。

そんなことはないと思うが、取り返しのつかないことになってからでは遅い。

「これから小伝馬町に行く」

剣一郎は供の者に告げ、小伝馬町の牢屋敷に向かった。

供の者は一瞬怪訝《けげん》そうな顔をしたが、黙ってついて来た。

牢屋奉行は代々石出帯刀《いしでたてわき》という姓名を世襲し、役高は町奉行所の与力より少し高い三百俵十人扶持である。

その牢屋奉行の支配にあって、牢内の取締りなどをするのは牢屋同心である。その中で、上席の者に鍵役同心がいる。文字通り、牢内の鍵を預かり、牢屋同心の取締りや牢内の監督をする。

その鍵役同心に田原次郎兵衛《たはらじろべえ》という者がいる。吟味方与力の橋尾左門《はしおさもん》に紹介してもらい、何度か会ったことがある。

剣一郎には役務外であるが、これまでにも何度もお奉行の特命を受けて、役務外のことにも乗り出していた。

四半刻（三十分）もかからず、剣一郎は牢屋敷に到着した。

牢屋敷は堀で囲まれており、石橋を渡って表門に着く。すでに表門は閉まっており、脇の潜り戸を叩いた。

いかめしい顔の門番が顔を出した。

「南町奉行所与力青柳剣一郎と申す。田原次郎兵衛どのにお取次ぎを願いたい」

「少々、お待ちください」

門番は青痣与力の名を知っていたようだ。頬の青痣がその証である。

牢屋同心の組屋敷は門右手の塀沿いにある。

やがて、田原次郎兵衛が自ら迎えに出て来た。丸顔に笑みを浮かべている。

「これは青柳さま」

「田原どの。夜分に申し訳ない」

縦縞の着流しで、すでにくつろいでいたところだろう。

「いえ、なんの。さあ、どうぞ」

牢屋鍵役同心は四十俵四人扶持。ちなみに、町奉行所同心は三十俵二人扶持である。

「いや。少しお話をしたいだけだ」

と、剣一郎は田原次郎兵衛が部屋に招じようとするのを断り、門脇の人気のない場所に移動し、

「じつは、まだ訴えを聞いたばかりなので、真実かどうか確かめてはいない」

と、前置きしてから続けた。

「下谷車坂町の政吉という者が昨日入牢したはず。この者、無実の可能性がある。い

や、あくまで可能性だけだ。だが、牢内で不測の事態が懸念されるのだ。なんとしても無事に吟味を受けさせたい」

「青柳さま。政吉ですと」

田原次郎兵衛が表情を曇らせた。

「まさか」

「いえ。じつは、昨夜、大牢内で騒ぎがあり、牢番が駆けつけたところ、何人かが政吉を取り押さえておりました。牢役人のひとりは、政吉なる者が暴れたため、取り押さえたと言っておりました」

「政吉が暴れた？」

剣一郎は牢役人の言葉は怪しいと思った。

「で、政吉の様子は？」

「だいぶ痛めつけられたようですが、牢役人たちはなんともないと言い張っております。それより、きょう政吉の呼出しの知らせが参りました」

「なに、明日、吟味だったのか」

町奉行所での取調べのために、下手人を奉行所の同心が引き取りに行くが、この知らせが前日にあるのだ。

つまり、明日、政吉は与力の吟味を受けるために奉行所に呼び出される。

「田原どの。今夜を注意していただけぬか。今夜あたりが危険かもしれない」

牢内では作造りと称する人減らしが秘かに行われる。混み合った牢内の場所を少しでも広くしようと囚人をこっそり殺すのだ。

しかし、政吉の場合は別の理由が考えられる。

「わかりました。細心の注意を払います」

「頼む」

と、剣一郎は田原次郎兵衛に言い、牢屋敷を出た。

それから、剣一郎は八丁堀の組屋敷に急いだ。剣之助のことが気がかりだった。

小伝馬町の牢屋敷から八丁堀まで四半刻（三十分）もかからない。だが、だいぶ時間をとられたので、剣一郎は途中、走った。

屋敷に着くと、駆け込むように中に飛び込んだ。

迎えに出た多恵がびっくりした顔をした。

「剣之助は？」

「いったん帰って来て、すぐに出かけました。時次郎どのと約束していると。半刻（一時間）ほど前でしょうか」

「出かけたのか……」

剣一郎は全身に重たい物が覆《おお》いかぶさって来るような圧迫感に襲われた。

二

それより半刻（一時間）ほど前、剣之助は亀島《かめじま》橋町河岸の暗がりで時次郎と会った。

時次郎は預けてあった荷物を持って来ていた。旅装に当座の着替え、それに金子《きんす》だ。だが、時次郎はその荷物をすぐに寄越そうとしなかった。

「ほんとうに行ってしまうのか」

時次郎は半べそをかいたように言う。

「何を今さら」

差し出した手を引っ込め、剣之助は時次郎をたしなめた。

「わかった。途中まで送って行く」

時次郎は沈んだ声で言う。

「いいよ。別れが辛《つら》くなるから」

「だって、今度、いつ会えるかわからないじゃないか」

「うん」

剣之助もしんみり頷《うなず》いた。

もう二度と会えないかもしれない。そう思った瞬間、胸の底から何かがぐっと突き上げて来た。

涙を隠すように、さっと顔を背けた。

ふたりは押し黙って夜の道を歩いた。

永代橋に差しかかったところで、剣之助は足を止めた。

「もう、ここでいい」

「橋の途中まで」

時次郎は言い張った。

再び、黙って歩き出した。別れの時を出来るだけ先延ばしにするかのように、ふたりは長い橋をゆっくり渡った。

時次郎の気持ちはわかっている。取り止めて欲しいと思っているのだ。だが、剣之助にはそんな気持ちはない。

志乃を守ってやれるのは自分だけだという強い思いがある。あんな男を婿《むこ》に迎えれば、不幸な一生を送ることになるのだ。

長い橋の途中までやって来た。川は暗い。屋根船の明かりが遠くに見える。

「時次郎。もういい。帰れ」

「もう少し」

「きりがない」

剣之助は突き放すように言った。

「明日から剣之助がいないなんて……」

時次郎が目頭を拭った。

剣之助も瞼《まぶた》が熱くなった。

「母とるいによしなに言っておいてくれ。父には……、これしか方法がなかったのだと」

剣之助は時次郎の手から荷物をひったくるようにとった。

「じゃあな」

剣之助は時次郎を振り切って駆け出した。

途中、振り返ると、時次郎の泣いている姿が見えた。

（時次郎、達者でな）

春吉《はるきち》という男だ。

剣之助は走った。

深川佃町の『和田屋』のおよしが、知り合いの船頭を世話してくれた。春吉《はるきち》という男だ。およしは深川の漁師の娘であり、船頭に知り合いも多いようだった。

仙台堀に掛かる亀久橋《かめひさ》の袂にある『船徳《ふなとく》』という船宿に、志乃はおよねに連れられて来ることになっていた。今頃は、着いている頃だ。

剣之助は仙台堀沿いを急いだ。提灯をつけた船が堀を滑るように進んで行く。ぽつんぽつんと見える家々の明かりが寂しく目に映った。

海辺橋を過ぎ、居酒屋の軒行灯の明かりが後方に去ると、急に暗がりになった。じき、亀久橋だ。

やがて、『船徳』の軒行灯の灯が見えて来た。剣之助は足を速め、『船徳』に着くと、すぐに土間に飛び込んだ。

「いらっしゃい」

色の浅黒い女中が出て来た。

「連れは来ていますか」

「いえ」

「えっ、志乃という娘ですが」

「まだ、お見えではありません」

「そんなはずは」

急に不安が襲い掛かった。

夕方には、屋敷を出たはずなのだ。

まさか、志乃の身に何か。

「あっ、青柳さま」

女将が出て来た。

「青柳さまに、これを預かっておりました」

女将が文を差し出した。

志乃からか、と剣之助は急いで文を開いた。

あっと、剣之助は悲鳴を上げた。

志乃は預かった。返して欲しくば十万坪まで来い、と書かれてあった。

「十万坪……」

そう呟き、剣之助は荷物を放り出したまま、外に飛び出した。

脇田清十朗の仕業に違いない。なんという卑怯《ひきょう》な奴だと、剣之助は怒り狂って駆け出した。

堀沿いをひた走る。右手に材木置場が広がっている。

堀を越え、やがて十万坪の埋立地にやって来た。

息を整えながら、雑草の中に踏み込み、足をゆっくり進める。

月明かりが荒涼として広がる風景を浮かび上がらせていた。樹が倒れ、雑草が切れて黒い土になる。石ころも多い。点々と繁る樹が人影のように見えた。かなたに一《ひと》つ橋《ばし》家の下屋敷が闇に溶け込んでいた。

「志乃どの」

剣之助は叫んだ。

その声が風に流された。ときたま、強い風が吹きつけた。

黒い影が動いた。二つだ。そのうちの一つの影がゆっくり近づいて来た。剣之助は用心しながら、その影を待った。

姿が徐々に現れて来た。

背の高い、痩《や》せた男だ。総髪を後ろに束ねて垂らしている。潰れかけたような片目。頬骨が突き出て、その頬に深い傷があった。それ以上に不気味なのは表情がないことだった。

「何者だ?」

剣之助は誰何《すいか》した。

相手は落ち着いた声で、

「青柳剣之助か」

と、きいた。

「いかにも青柳剣之助だ。志乃どのを攫《さら》った仲間か」

「命をもらう」

相手は剣を抜いた。

「誰に頼まれた？　脇田清十朗か」

剣之助は鯉口を切り、右手を刀の柄にかけた。

相手は正眼に構えた。

剣之助も抜刀し、正眼に構えた。隙だらけのように思えた。

相手が間合いを詰めてくる。剣之助は動かなかった。いや、動けなかった。

相手から殺気も何も感じない。それなのに、相手の剣尖《けんせん》が剣之助の目をとらえて離さない。相手の剣が大きくなったように感じた。

剣之助は柄を握り直した。間が詰まった。斬り合いの間に入った瞬間、相手が上段から剣を打ち込んで来た。剣之助も足を踏み込んだ。

剣之助は相手の一撃をはね返すのがやっとだった。まだ、体勢の整わぬうちに、激しい打ち込みがまたも襲って来た。

剣之助も逃げず相手の腹部を襲った。だが、そこに相手の胴はなかった。空を切った剣が流れた刹那《せつな》、剣之助の右肩に激痛が走った。

相手の敏捷《びんしょう》な動きに、剣之助はついていけなかった。

剣之助は刀を落とし、片膝をついた。

（志乃どの）

剣之助の瞼に志乃の顔が蘇った。

相手の剣が迫るのを感じた。が、意識が遠退《とおの》いて行く。

と、そのとき、大声と共に、おおきな音がした。

その音ではっと意識が蘇り、剣之助は思い切って横に転がった。そこに、相手の剣が空を切った。

激しい音が近づいて来た。

「剣之助」

誰かが叫ぶ。

だが、剣之助は肩の痛みにまたも意識が遠退いていった。

陽光が障子の隙間から射している。

気がついたとき、自分がどうして、ここにいるのかまったく思い出せなかった。目の前に、剣之助はおよしの顔を見た。

「動いてはだめ」

およしが上から覗き込んでいる。

「どう、痛みは？」

「少しだけ」

「お医者さんは、浅傷《あさで》だから心配ないって」

自分の身に何が起こったのか、必死に思い出そうとした。

「どうしてここに？」

「時次郎さんが連れて来たのよ」

「時次郎が……」

剣之助の記憶がだんだん蘇って来た。

十万坪で、不気味な男に襲われたのだ。膝をつき、意識を失いかけたとき、誰かの叫ぶ声を聞いた。そうか、あれは時次郎だったのか。

「時次郎さんは船頭の春吉さんの手を借りて、ここまで連れて来たのよ」

「春吉さん？　ああ、栃木まで連れて行ってくれるという船頭さんですね」

「そうよ」

永代橋で別れたと思っていたが、時次郎は心配であとをつけて来たのだろう。

あっと、思い出した。

「志乃どのは……」

起き上がろうとして、剣之助は激痛に顔を歪めた。

「時次郎さんが調べているわ」

「時次郎はきょうは番所へは？」

「休んだそうよ。それから」

およしが言いよどんだ。

「屋敷のほうですか」

「はい。ご心配なさるといけないので、青柳さまにお手紙を書いたわ」

「なに、父上に」

また激痛が走って、剣之助は呻《うめ》いた。

「おそらく時次郎さんも隠し通せないと思うの」

「会いたくない。父上や母上に会いたくはない」

「わかっているわ。心配しないで」

およしはなだめるように言う。

「残念だ。せっかく、およしさんに船の手配をしてもらったのに」

剣之助は無念の涙を流した。

「今は、傷を治すことです。あまり長く話していては傷に障《さわ》ります。しばらくお休みなさい」

およしは姉のように言い、部屋を出て行った。

ここは『和田屋』の離れの部屋だ。ここにいて、およしに迷惑がかからないのだろうかと気にしつつ、志乃のことを思い、父や母の顔が過《よぎ》っていったが、いつしか剣之助は深い眠りに落ちていった。

三

時次郎の話を聞いて、剣一郎はすぐに事態が呑み込めなかった。それは剣一郎の想像をはるかに超えていた。

剣之助が志乃と駆け落ち……。

その言葉を何度も繰り返した。

時次郎も、深川の娼妓およしも手を貸していたのだという。だが、それ以上の衝撃は、剣之助が何者かに襲われたことだった。

時次郎の話では、志乃の許嫁《いいなずけ》である脇田清十朗が手を回した者ではないかという。が、その証拠はない。

およしの手紙には、もう少し時間を置いてさしあげて下さいと書いてあった。しかし、そんな暢気《のんき》なことを言っている場合ではない。剣一郎はすぐにでも剣之助に会いに行こうとした。

だが、多恵が引き止めた。

「剣之助のことはおよしさんにお任せいたしましょう」

剣之助が駆け落ちしようとしたことを知ると、さすがに多恵も色をなしたが、それでも取り乱しはしなかった。

「今の剣之助には合わせる顔がないでしょう。それに手傷を負っているなら、せめて怪我が治るまではそっとしておいてやりませぬか」

「それも、そうだ」

あのおよしという女は信頼出来る。すべて、およしに任せようと腹が決まった。冷静になるにしたがい、そこまで剣之助を決心させたものが何かということに、剣一郎はこだわった。

確かに、志乃への恋情が一番強いと思われるが、すべてを捨て去る決心をさせた何かがあったのではないか。

以前、剣之助は与力の職を継がない、志乃の婿になると言ったことがある。だが、そのときは、剣之助はまだ子どもだった。

だが、今は違う。剣之助は見習いとして奉行所にも出仕し、世の中のことに諸々触れて来ている。

おとなになった剣之助を駆け落ちに踏み切らせた、いや、青柳家を捨てさせようとした何かがあったのではないか。

剣一郎はそのことを確かめたかったのだ。

多恵にそのことを言った。

「今、問い詰めても剣之助は何も喋らないでしょう。しばらく、そっとしておいたほうがいいかもしれません」

「そうだの」

剣一郎は奉行所には当分の間、剣之助が病気治療のため休む旨を申し入れることにした。

しかし、いつまでも剣之助のことにかかずらっている場合ではなかった。

非番のきょう、早急にやらねばならぬことがあった。

着流しに刀を落とし差しにし、編笠をかぶって屋敷を出た。

剣一郎が向かったのは小網町二丁目のおたまが囲われていたという家だ。

まず事件の詳細を知る必要がある。奉行所に行って、報告書を見れば、事件について知ることが出来るが、そこに誤ったことが書かれている可能性もあり、剣一郎は現場から調べることにしたのだ。

江戸橋を渡れば、じきに小網町二丁目だ。

剣一郎は末広河岸を行く。そして、自身番に入った。

おたまの事件のことをきくと、月番の家主が肥って丸々とした顔を向けた。

「おたまさんを殺したのが元板前の政吉という男で、何日か前に捕まったそうですが」

「政吉が以前に板前をしていた店というのは？」

「はい。池之端仲町の『菊もと』という料理茶屋でございます。おたまさんもそこで仲居をしていなすったとか」

「おたまの旦那というのは？」

「はい。さる御家中の御留守居役の大浦亀之進さまと仰いました」

「どこの御家中かは知らないのか」

「はい、それは勘弁してくれとのことでした」

大浦亀之進はいつも用心深く、頭巾で顔を隠しておたまの元にやって来ていたらしい。

ここで聞いたことは、おつたが話したことと大差なかった。おたまの家から逃げて行く政吉を見ていた者が何人かいたということだ。

それから、剣一郎は池之端仲町に向かった。

料理茶屋の『菊もと』はすぐにわかった。

昼食に訪れる客も多いらしく、かなり賑わっていた。

剣一郎は女将に会った。

浪人の姿とはいえ、左頬の青痣で、すぐに青痣与力であるとわかってしまう。忙しい時間にも拘《かか》わらず、女将はいやな顔一つしなかった。

「先日、殺されたおたまのことできたい」

「はい。驚きました。まさか、あの政吉があんなことをするとは……」

おでこの広い女将は細い眉を寄せた。若く見えるが三十半《なか》ばであろうか。

「おたまが旦那を持った経緯《いきさつ》を知りたいのだが」

「はい。与力の木下さまからお話がありました。じつはおたまの面倒をみたいという方がいる。話をつけてもらえぬかと。まさか、おたまと政吉が出来ているとは知らなかったものですから」

「与力の木下さまというのは、木下伝右衛門どのか」

「はい」

「で、おたまの相手の名は？」

「はい。さる御家中の御留守居役で大浦亀之進さまと仰いました」

「その大浦亀之進なる者は何度か、ここに客として来たことがあるのか」

「あるそうでございます。私は覚えておりませぬ。一度、おたまと顔合わせをするときにお会いしましたが、そのお方は頭巾をかぶっていらっしゃいました」

「その後は？」

「おたまを囲ってからはお見えにはなりませぬ。ただ、木下さまから、うまくやっているようだと伺《うかが》っておりました。そういえば、最近、木下さまはお見えになりませぬが、お元気なのでしょうか」

「木下どのは奉行所内で倒れてな。今、屋敷で養生している」

奉行所の部屋で養生していたが、最近、八丁堀の自分の屋敷に移されたのだ。

「まあ、それはちっとも知りませんでした」

女将は心配そうに呟いた。

「ところで、政吉の知り合いで、おつたって名の女を知っているか」

「おつたですか。さあ」

女将が首を傾げた。

「政吉は渋い感じのいい男だったので、女にはもてたんですよ。ほうぼうに女がいたみたいですけどね」

「政吉はなんでここをやめたのだ？」

「博打と酒ですよ。腕はいいのに」

「政吉と親しい男はいないか」

「ちょっと待ってくださいな。板前の長太《ちょうた》が懐《なつ》いていましたよ」

そう言って、女将は立ち上がった。

それほど間を置かず、女将がやせた若い男を連れて来た。

「長太です。政吉のあとをよくくっついていました」

女将が言うと、長太はばつの悪そうな顔をした。

「政吉とは親しかったのか」

「はい。兄貴のように思っていました」

「じゃあ、今度の事件は驚いただろう」

「信じられませんよ。政吉兄貴がおたまさんを殺すなんてありえません」

長太は強い口調で言った。

「どうして、そう思うんだ?」

「だって、おたまさんは兄貴のために、囲われ者になったんです。将来は兄貴とふたりで小料理屋をやる。それがおたまさんの夢だと聞いたことがあります」

「政吉は自分で金を稼ごうとしなかったのかな」

「何とか博打をやめようと努力していたんです。おたまさんに頼って生きているようなところがあったけど、根は悪いひとじゃねえ。兄貴はおたまさんに感謝していた」

長太はむきになって政吉を擁護した。

「そうか。そういう政吉がおたまを殺すはずはないと言うのだな」

「そうです。兄貴はそんなことはしない。おたまさんを殺ったのは兄貴じゃないって思っています」

「事件のあと、政吉と会ったか」

「いえ」

「おつたという女を知っているか」

「おつたさんですか」

長太は頷いた。

「知っているんだな」

「はい。天神下の『白梅屋《しらうめ》』という楊弓場の女でした。よく、そこに兄貴と遊びに行きました。おつたって女は兄貴に逆上《のぼ》せていました。兄貴はどこでも女にもてたけど。でも、もういませんよ」

「どうしたんだ？」

「誰かの女房になったって、兄貴から聞いたことがありやす」

訴え出た女に間違いない。

「よし、わかった。忙しいところをすまなかった」

「へい」

剣一郎は料理茶屋の門を出た。

御数寄屋町《おすきや》から湯島天神下に向かう。その途中に、鳥料理で有名な店や豆腐料理が名物の店、そして茶屋や料理屋、待合などがある。

男坂《おとこざか》を上って境内に入る。湯島聖堂のほうに向かって鳥居があり、参道が続く。

茶屋が並び、楊弓場もあって、夜ともなれば、色里の香りが漂ってくるところだ。

また、芳町《よし》に次いで陰間《かげま》茶屋で有名だ。

前方に、弓の的の看板に『白梅屋』と書いてある楊弓場が見つかった。

剣一郎は編笠をとって土間に入った。客がひとり、弓を打っていた。

うなじの白い細身の女に声をかけた。

「以前、おつたという女がいたはずだが」

「はい。やめて、一年以上経ちますけど」

「今、どこにいるのか知らないか」

「神田明神下の金貸し『一文屋』の旦那の後添《のちぞ》いになりましたよ。おつたさんはだいぶ借金があって、一文屋さんの言いなりにならなきゃならなかったんですよ」

口許を歪めたのは、一文屋への侮蔑《ぶべつ》か。

「『一文屋』だな。ここには、政吉という男がよく遊びに来ていたらしいな」

「ええ、おつたさんを贔屓《ひいき》にしていました」

「政吉が捕まったのを知っているか」

「はい。吉蔵親分がやって来ましたから。でも、政さんがそんなことをするなんて信じられません」

この女も政吉の肩を持った。

博打と酒にだらしない政吉だが、悪く言う人間はいなかった。

剣一郎は楊弓場を出た。どんよりとした空だが、雨の心配はなさそうだった。

昌平橋《しょうへい》を渡り、神田須田《すだ》町を通って小伝馬町にやって来た。

牢屋敷の表門の前で編笠をとり、石橋を渡った。

門番に、田原次郎兵衛への取次ぎを頼んだ。

しばらく経って、着流しに黒の羽織を着た田原次郎兵衛がやって来た。

「青柳さま」

田原次郎兵衛から先に切り出した。

「昨夜、政吉が襲われました」

「で、政吉は？」

「かなり痛めつけられており、起き上がることは出来ません。それで、浅草の溜《たまり》に移送いたしました」

溜とは、牢内で重病となった囚人が入れられる療養所だった。場所は吉原の裏手の浅草千束《せんぞく》である。

「衰弱が激しいのです。申し訳ありません。もう少し、早く気がつけば」

「いや。ともかく命を奪われずにすんだのだ。礼を言う」

「いえ。それより、無実だとしたらたいへんなことになります」

「政吉を襲った者はわかるか」

「牢内のことゆえ、それを探り出すのは難しかろうと思います。ただ、牢番もつるんでいるゆえ、秘かに捜索は続けます」

「頼んだ」

剣一郎は牢屋敷を後にした。

剣一郎は両国広小路まで急ぎ、柳橋《やなぎばし》の船宿から船に乗り、山谷《さんや》まで行った。

山谷の船宿は吉原への遊び客で賑わっている。

剣一郎は日本堤《にほんづつみ》を吉原方面に向かい、その手前を浅草寺《せんそうじ》のほうに折れて土手を下った。

目の前に忍び返し付きの塀が見えて来た。溜である。広い敷地だ。

門を入り、門番所から出て来た門番に、八丁堀の青柳剣一郎であると名乗り、

「今朝、運び込まれた政吉に会いたい」

と、申し出た。

重病人はここに畚《もつこ》で運ばれて来るのだ。

門番は剣一郎の左頰の青痣を見て得心したのか、すぐに番屋の奥に駆けて行った。

非人頭車《くるま》善七《ぜんしち》の配下の者である。

剣一郎は番屋からやって来た役人の案内で、大溜と呼ばれる広い部屋に行った。そこに、大勢の病人が横たわっていた。

今朝運び込まれた政吉はふとんの上でうめき声を発していた。顔は醜く腫《は》れている。

「背中を激しく叩かれ、顔にもこのように。動けるようになるまで、日数はかかりましょうが、命には別状ありませぬ」

中年の医者が言う。

向こうのほうで数人の男が戸板に男を乗せて部屋を出て行った。剣一郎が見ていると、

「さっきお亡くなりになった病人です。ここでは毎日誰かが死んでいきます」

と、医者は抑揚のない声で言う。

死んだのは行き倒れの男だったらしい。ここには囚人以外にも行き倒れの者も担ぎ込まれるのだ。

「政吉と話せるか」

「少しぐらいなら」

剣一郎は政吉の耳元に口を寄せ、

「政吉。しっかりしろ」

と、励ました。

政吉がうっすらと目を開けた。

「私は八丁堀与力の青柳剣一郎だ。そなたに確かめたいことがある」

政吉は微かに頷いた。

「おたまの旦那というのは誰だ?」

政吉の唇が動く。

「蒲原……与五郎」

苦しい息の下から政吉が訴えた。

「八丁堀与力の蒲原与五郎か」

政吉が頷く。

「おたまを殺したのはおまえか」

「違う……。あっしがおたまの家にいるとき、旦那がやって来た……」

政吉の呼吸が荒くなった。

「これ以上は無理でございます」

医者が止めた。

「政吉。しっかり養生せよ。きっと事の真相をはっきりしてみせる」

剣一郎は医者に向かい、

「この者は無実の可能性が強い。治療をよろしく頼む」

と、念を押した。

「畏《かしこ》まりました」

剣一郎は溜を後に、再び山谷堀に出て、船に乗った。

政吉の思い込みだけかもしれず、おたまの旦那が蒲原与五郎だという証拠はない。

だが、もろもろのことを考えると、蒲原与五郎に疑いの目を向けざるを得ない。

明日、大浦亀之進に会ってみようと思うが、おそらく当人はおたまを囲っていたと主張するだろう。

木下どのが元気ならと、剣一郎は病に倒れた木下伝右衛門のことに思いを馳せた。

四

朝陽が眩《まばゆ》い。剣之助は目覚めた。

だいぶ痛みは引いていた。が、たちまち志乃のことが蘇り、胸が塞がれそうになった。

あの夜、志乃は約束の場所に来なかった。いや、来られなかったのだ。

脇田清十朗がこちらの企みを知り、志乃の両親に言いつけたに違いない。無念だ。

剣之助は悔し涙にくれた。

それにしても、なぜ、駆け落ちのことが知れたのか。

およね以外に知る者はないはずだ。

やはり、志乃には見張りがついていたとしか考えられない。清十朗が遣わせた者だ。我欲が強く、また猜疑《さいぎ》心も強い、あの男ならやりかねない。

志乃は今、どうしているだろうか。座敷に閉じ込められ、前途に絶望し、悲嘆《ひたん》の涙にくれているかもしれない。そう思うと、じっとしていられない。

最悪の事態になれば、志乃は死ぬかもしれない。

すべてを失ったと、剣之助は思った。志乃を失い、父と母の信頼を裏切り、与力としての未来も失った。

いや。まだ諦めるのは早いと、剣之助は絶望の淵の一歩手前で踏みとどまった。

志乃を救う。自分にはもう志乃しかいないのだ。どんなことをしてでも、志乃を救う。

場合によっては、屋敷に忍んででも志乃を連れ出す。

体が思うように動かせないことがもどかしい。体さえなんともなければ、今すぐにでも志乃のところに飛んで行くものを。

ふと、廊下に足音がした。

障子が開き、およしが入って来た。

「お目覚め？」

およしが微笑んだ。いらだった心が急に温かいものに包み込まれたように落ち着いてくる。

垂れ下がった眉と目、色黒の顔にそばかすがあり、器量はよいとはいえない。だが、剣之助はおよしといっしょにいると心からの安らぎを覚えるのだ。

「お客さんよ」

およしの後ろからおよねが顔を出した。

「剣之助さま」

およねが駆け寄った。

「だいじょうぶでございましたか」

「心配ありません。それより、志乃どのは?」

「はい。今、市《いち》ヶ谷《や》のご親戚のお屋敷に預けられております」

「市ヶ谷の親戚……」

確か、市ヶ谷には志乃の伯父《おじ》の屋敷があった。

志乃は軟禁されているのだ。

「志乃どのはどんな様子ですか」

「毎日泣きじゃくっているそうです。私も会わせてもらえないのです」

およねが泣きそうになった。

駆け落ちに手を貸したので、志乃と離ればなれにされたのだ。

「婚礼まで、志乃さまは市ヶ谷に留め置かれるようでございます」

婚礼は四月二十日だという。

脇田清十朗に志乃を渡すことは断じて出来ない。

こうなったら……。頭の中に突風が吹いたように、剣之助はある考えに襲われた。

（婚礼の日が近づけば、支度のために志乃は屋敷に戻されるだろう。志乃を奪うのは、そのときだ）

剣之助は目をらんらんと輝かせた。

「剣之助さま」

およねの声に、剣之助は我に返った。

「脇田清十朗どのに志乃さまは渡せません。清十朗さまと刺し違えても、志乃さまをお守りいたします。ですから、剣之助さまは志乃さまを諦めずにいてください」

「諦めるものですか。諦められませんよ。この傷さえ治れば……」

ふと剣之助は自分を襲ったあの男を思い出した。

あの男は何者なのだ。対峙していても、血の通った人間のようには思えなかった。男から殺気も感じなかった。それなのに、襲いかかってきた剣は烈風のように凄《すさ》まじいものだった。まるで剣が生き物のように襲って来る。そんな感じだった。

（死神）

死神が剣を使っている。

脇田清十朗にあの死神の剣がついているのか、と剣之助の背筋に冷たいものが走った。あの剣には歯が立たないと、剣之助は愕然《がくぜん》とした。

それでも闘わなくてはならないのだ。志乃のためにも。

およねが引き上げたあと、剣之助の胸に父と母のこと、そして妹のるいのことが蘇った。

自分が志乃と出会ったのは運命だったのだ。そして、そのために父や母を裏切ることになるのも運命だった。

母を悲しませることには五体が引き裂かれるほどの痛みを覚える。辛《つら》いことだ。だが、剣之助はもう引き返せない。

いつの間にか、剣之助は寝入っていた。

目を覚ましたとき、部屋の中は暗くなっていた。

途中で、医者が来て起こされ、薬を塗り、包帯を巻き直してもらった記憶があるが、よく覚えていない。

暗い天井を見ていると、およしがやって来た。

剣之助が眠っていると思っているらしく、無言で入って来て行灯《あんどん》に灯を入れた。

「およしさん」

部屋を出て行こうとしたおよしを呼び止めた。

「あら、起きていたの？」

およしが戻って来て、枕元に座った。

「およしさん。少し傍にいていただけませんか」

「構わないわ。どう、傷は？」

「だいぶいいです」

「よかったわ」

およしの浅黒い顔に白い歯が覗いた。

「およしさんには好きなひとがいたのですか」

「えっ、なに？」

不意を衝かれたように、およしはうろたえた。

「好きなひとです」

およしの表情が翳《かげ》った。

「いないわ。こんな顔でしょう。男なんて近づいて来ないわ」

「そんなことはない。およしさんはきれいですよ」

「そんなことを言ってくれるのは剣之助さんだけよ」

およしは笑ったあとで、ふと悲しそうな顔をした。

「じつはね。こんなあたしでも嫁にしたいって言ってくれたひとがいたわ。でも、病気のおっかさんや幼い妹や弟たちがいたから、こういう世界に入ったの」

「やっぱり、いたんですね」

剣之助は興味を持った。

「そのひとと駆け落ちまで考えたの。でも、私は出来なかった。病気のおっかさんや妹たちを捨てることが出来なかった。だって、あのひとたちはあたしがいなければ生きていけないでしょう」

およしは、剣之助の場合と違うのだと言っているのだ。剣之助は駆け落ちしても、父や母、それにるいはちゃんと生きていける。

「そのひと、今はどうしているのですか？　嫁をもらったのですか」

「どうかしら」

およしは曖昧《あいまい》に笑った。

「今、何をしているか知っているのですか」

「さあ」

およしは恥じらったように顔を横に向けた。

「知っているんですね。教えてください。何をしているんですか？」

「漁師よ。お嫁さんはまだ。ここにもときたま会いに来てくれるわ」

「えっ」

「もう、行かないと。お客さんの来る頃だから」

およしは立ち上がった。

「ひょっとして、春吉さん」

剣之助がはたと気づいてきいた。

頬を少し赤らめて、およしは逃げるように出て行った。

剣之助の心に温かいものが流れ込んで来たような気がした。

五

その日の夕方、執務時間が終わるのを待って、剣一郎は宇野清左衛門への用事にかこつけて年番部屋に行き、蒲原与五郎の様子を窺《うかが》った。普段と変わりない態度だった。

「剣之助の儀、誠に申し訳ありませぬ。その上、申しあげにくいのですが、私に明日、お休みをいただきたく存じまして」

「剣之助の容体が悪いのか」

宇野清左衛門が心配そうな顔をした。

「いえ。剣之助の病状回復までにはもうしばらく時間が必要でありますが、日毎回復に向かっております」

「そうか。それはようござった。明日の件、あいわかった」

「ありがとうございます」

一礼してから、剣一郎はふと思い出したふうを装い、蒲原与五郎に声をかけた。

「蒲原さま」

蒲原与五郎は机の上を片づけ、ちょうど立ち上がったところだった。

「何かな」

「つかぬことをお伺いいたします。蒲原さまは大浦亀之進という御留守居役をご存じではありませぬか」

「大浦……」

蒲原与五郎の顔色が変わった。

「なぜ、そのようなことをきくのだ?」

胸の内を探るかのように、蒲原与五郎は目を細めて剣一郎を見た。

「じつは、池之端仲町に『菊もと』という料理茶屋がございます。蒲原さまはご存じでありましょうか」

「いや、知らん」

「そうでございますか。その『菊もと』におたまという女中がおりました。そのおたまなる女中を、さる御家中の御留守居役が妾にしたのでございます。その御留守居役というのが大浦亀之進というお方。両者の取り持ちをしたのが、木下さまだそうです。木下さまから、そんな話を聞いたことはございませんか」

「知らん。なぜ、わしにそのような話をするのだ？」

「じつは、妙なことを耳にしました」

「妙なことだと？」

「はい。そのおたまなる女中が先日殺され、下手人が捕まりました。政吉と申すものでございますが、その政吉がとんでもないことを言っているのでございます」

蒲原与五郎の顔から血の気が引いたような気がした。

「何と申しておるのだ？」

「はあ」

剣一郎はわざとらしく言いよどんでから、

「おたまの旦那は、蒲原与五郎さまだと」

「ばかな。なんたるたわけたことを」

蒲原与五郎は引きつったような笑みを浮かべた。

「そのとおりでございます。よりによって、蒲原さまの名を騙《かた》るとはとんでもない。これは捨ててはおけないと思ったのです」

「青柳どの」

傍で聞いていた宇野清左衛門が口をはさんだ。

「蒲原どのの名前が勝手に使われたと申すのか」

「さようでございます」

「いったい、青柳どのは誰からそんな話を聞いたのだ？」

蒲原与五郎は震えを帯びた声できいた。

「牢屋敷関係者からです。入牢した政吉が牢内で、おたまの旦那が蒲原与五郎さまだと漏《も》らしたのを聞いた他の囚人が触れ回ったようです」

「なんと不埒《ふらち》な。それなら、吟味で政吉を問い詰めればよい」

宇野清左衛門が吐き捨てるように言う。

「ところが政吉は牢内で半殺しの目に遭い、浅草の溜に移されたのです」

「牢内で何があったのだ？」

「おそらく、何者かが牢内の人間に、政吉を殺すように指示したのではないかと見ています」

「なに」

蒲原与五郎は目に狼狽《ろうばい》の色を浮かべた。

「ただ今、牢屋敷にて調べているところでございます。ただ、私は浅草の溜まで行き、政吉に会って来ました。政吉に確かめたところ、はっきりと蒲原さまの名を口にしました」

「ばかな。政吉が嘘をついているのだ」

蒲原与五郎は顔を紅潮させた。

「いや。政吉が嘘をつく理由が見当たりません。政吉は、おたまから聞いていたのです。すると考えられるのは、おたまが政吉に嘘をついたか、あるいは大浦亀之進という男がおたまに蒲原さまの名前を勝手に騙った可能性です」

剣一郎は宇野清左衛門と蒲原与五郎の顔を交互に見て、

「ですから、大浦さまにお会いして、ことの真偽を確かめたいと思ったのでございます」

「ならば」

蒲原与五郎は興奮を抑えて、

「わしから大浦どのに問うてみる」

「私も同席してよろしいでしょうか。もし、大浦さまがとぼけられたら……」

「黙られよ。大浦どのはそのようなお方ではない」

蒲原与五郎は激したように大声になった。

向こうの部屋にいた同心たちが顔をこちらに向けた。

「わかりました。それでは蒲原さまにお願いいたします」

剣一郎が会っても、大浦亀之進はほんとうのことを言うはずがないと思っていた。だから、本気で大浦亀之進に会おうとしたわけではない。

ただ、蒲原与五郎の反応を見たかっただけなのだ。

大浦亀之進に会った後の様子を、蒲原与五郎から聞くまでもない。所詮、同じ穴の狢《むじな》だ。

「私は、私なりに確かめてみようと思います」

剣一郎が言うと、蒲原与五郎は顔面を強張《こわば》らせた。

剣一郎は奉行所から戻ると、すぐに着替えて屋敷を出た。

『一文屋』は絵草子《えぞうし》屋と骨董《こっとう》屋にはさまれた土蔵造りの店だった。

土間に入ると、帳場格子に若い男が座っていた。

「主人に会いたいのだが」

剣一郎の顔をしばらく見ていた若い男はあわてて立ち上がった。青痣に気づいたのだろう。

「少々、お待ちください」

奥に引っ込み、やがて戻って来た。その後ろから恰幅《かっぷく》のよい四十絡《がら》みの男が現れた。

「一文屋角兵衛にございます」

「八丁堀の青柳剣一郎と申す」

「はい。青痣与力のご高名はかねがねお伺いしております」

一文屋角兵衛は卑屈なほど腰が低い。

「じつは、天神下にある『白梅屋』という楊弓場に寄って来た。そこにいたおつたという女は一文屋の内儀《ないぎ》になったと聞いた。それに間違いないか」

「はい。その通りでございます」

「そうか。そのおつたに会いたいのだが」

「おつたが何か」

「以前に『菊もと』の板前だった政吉がひとを殺めて牢獄に送られた。そのことで、ちと確かめたいことがあって、政吉の顔見知りの女を探している。『菊もと』の板前から、政吉が『白梅屋』によく遊びに行っていたと聞き、それでおつたのことを聞いたのだ」

おつたが自ら剣一郎に訴え出たことを隠すために、剣一郎はあえて説明をした。

「左様でございますか」

角兵衛は頷き、

「じつは、政吉は……」

と続けたが、すぐに思い止まった。

「いえ、これはおつたの口からお伝えしたほうがよいかもしれませぬ。青柳さま。おつたは今、深川の別宅におります。島田町でございます。いかがでありましょうか、私はこれから島田町まで帰るところでございますが、よろしければごいっしょに」

「うむ。そうさせてもらおうか」

「青柳さま。神田川から船で参りたいと思いますが、よろしいでしょうか」

「結構だ」

迷惑そうな顔をするどころか、なぜか、角兵衛は剣一郎を誘うことに積極的なように見受けられた。

この男の性分なのだろうか。

「では、すぐに支度をして参ります」

角兵衛の言葉を背中に聞いて、剣一郎は店の外に出た。

やがて、角兵衛が出て来た。

「では」

角兵衛は歩き始めた。

「青柳さまは、どうして政吉のことをお調べに？」

「じつはな、政吉は牢内で半殺しの目にあった。そのことで、気になることがあってな」

「半殺し？」

「そうだ。おそらく何者かが政吉を亡き者にしようと、牢内にいる誰かに命じたのだ」

「まさか、そのようなことが出来るのでございますか」

「牢内は地獄だ。何があっても不思議ではない。そなたも、牢送りにならないように気をつけることだ」

「肝に銘じておきます」

角兵衛は何かを嗅ぎ出そうとしている、剣一郎はそんな気がした。

神田川の船着場から船に乗り、剣一郎と一文屋角兵衛は隅田川を横断して深川の油堀に船を進めた。

「私はときたま釣りに河口まで出ます。ときにはどえらいものをつり上げることもございます」

角兵衛は笑みを浮かべた。

永代寺の裏手を船が行く。徐々に陽は落ち、西の空が赤く染まりはじめていた。

ふと剣之助のことが頭を過った。剣之助は肩を斬られて今養生をしているのだ。しかし、すぐにでも会ってみたいという気持ちを抑えた。

島田町に近い船着場に着いて、船を下りた。かなたに材木置場が見える。

魚油問屋の角を曲がり、しばらく行くと、前方に大きな家が見えて来た。

「ここでございます」

角兵衛は足を停《と》めた。黒板塀を巡らした洒落《しゃれ》た屋敷だ。金貸しは儲《もう》かるものらしいと思いながら門を入った。

角兵衛が格子戸を開けると、手伝いの婆さんが出て来た。

「庭の見える部屋にお客さまをご案内して」

角兵衛は婆さんに命じた。

案内に立った婆さんに連れられ、廊下を進む。

通された座敷は庭に面している。障子が開け放たれ、手入れの行き届いた庭が見える。小さな池があり、その横に石灯籠《いしどうろう》があった。

座敷でしばらく待っていると、角兵衛がやって来た。

「お待たせいたしました」

「なかなか見事な家だ」

剣一郎は床の間の香炉や掛け軸にも目を見張った。

「恐れ入ります。じつは、この家は借金の形にいただいたもの。いや、預かっていると言うべきでしょうか。借金の返済があれば、すぐに明け渡すつもりでおります」

ほんとうに正当な借金の形なのか、疑問だと思ったが、もちろん怪しむ証拠もない。

そこに、年増の女が茶を持って入って来た。

「おつたでございます」

紛れもなく、剣一郎に政吉のことを訴えた女だった。

「どうぞ」

ぎこちない仕種で、おつたは剣一郎の前に湯呑みを置いた。

「青柳剣一郎と申す。じつは、内儀に伺いたいことがあって参った」

剣一郎は初対面のように切り出した。

「はい」

「では、私は座を外して」

「いや、一文屋。そのままに」

角兵衛は浮かしかけた腰を元に戻した。

「『菊もと』の板前だった政吉を知っておるな」

改めて、剣一郎はおつたにきいた。

「はい。存じあげております」

おつたは角兵衛にちらっと目を向けた。

「政吉がおたまという女を殺した罪で牢送りになった。ところが、政吉はゆうべ牢内において急病になり、浅草の溜に移された」

「まあ。で、容体は？」

「私も会って来たが、相当衰弱しているものの命に別状はない」

「そうでございましたか」

おつたは、ほっとしたように言った。

「『菊もと』で政吉の朋輩だった男から湯島天神下の『白梅屋』という楊弓場のことを知り、そなたの名を知った。政吉から何か聞いていないかと思ってな」

「何かと仰いますと？」

「うむ。おたまの旦那はさる御家中の御留守居役の大浦亀之進という武士だということになっているのだが、政吉は別の名を口にしているのだ」

「ふた月ほど前、偶然に八幡さまの前で、政吉さんとばったり出会い、そのとき、立ち話をしただけです。そんな話題も出ませんでした」

再び、おつたは角兵衛を見た。

「青柳さま。じつは、政吉は捕まる前に、おつたを頼ってここに逃げ込んだのでございます」

「なに、政吉が」

剣一郎はとぼけて驚く。そのことはおつたから聞いて知っていたことだ。

「しかし、すでに町方に尾行されていて、すぐここから逃げ出しました。そのとき、政吉は、下手人は蒲原与五郎という八丁堀与力だと言い残したそうです。そうだったな」

角兵衛はおつたに確かめた。

「はい」

おつたは目に戸惑いの色を浮かべた。角兵衛が、蒲原与五郎の名を出したことを訝《いぶか》しく思っているのだろう。

ふと、剣一郎は角兵衛の立場になって考えてみた。

もし、政吉の言うことがほんとうなら、角兵衛は八丁堀与力である男の弱みを握ったことになるのだ。

それは、商売をする上での有力な武器になる。そういう目で、角兵衛を見た。

角兵衛はふてぶてしいまでに落ち着いている。

「おつた。政吉は嘘をついているように感じたか」

「いえ。本心から言っていると思いました」

「おたまが政吉に嘘を教えたとは思えないか」

「いえ、そうは思えません。なぜって、そんなことを言う必要がありませんもの。それに、おたまさんは最近になって寝物語に旦那から身分を明かされたそうです。それまでは御留守居役だと信じていたそうですから」

「すると、おたまの旦那は蒲原与五郎ということになるな」

「はい。私はそれを信じます。そして、おたまさんを殺したのも蒲原与五郎という……」

「これ、おつた。言葉を慎むのだ」

角兵衛があわてて制した。

「あっ、申し訳ありません」

「証拠のないことゆえ、今の話、ここだけのことにしておいてもらいたい」

剣一郎はふたりに念を押してから、

「邪魔した」

と、立ち上がった。

「お帰りでございますか」

角兵衛もあわてて立ち上がった。

廊下に出て、剣一郎は庭に目をやった。石灯籠の向こうの暗がりに人影が動いたような気がした。

さっきから、誰かに見られているような感覚がつきまとっていたのだ。やがて、ひとの気配は消えていた。

おつたが玄関まで見送った。

「政吉を必ず助ける」

剣一郎は目顔で言い、外に出た。

夜空に黒い雲が流れていた。天気が変わるかもしれない。

剣一郎は三十三間堂の前を通り、永代寺門前町に出た。そして、無意識のうちに、足は蓬莱《ほうらい》橋を渡り、佃町に踏み込んでいた。

遊女屋の『和田屋』が見通せる場所に立った。

剣之助がここにいるのだ。会いたかった。会って、ききたいことがたくさんあった。

それほど志乃のことが好きだったのか。青柳家を捨ててまで、志乃といっしょになりたかったのかと、剣一郎は心の内で問うた。

『和田屋』に向かいかけた足を何とか踏み止まり、剣一郎は踵を返した。まだ、会う時期ではない。これは剣之助が自ら乗り越えねばならない試練なのだ。

心を残しながら、剣一郎は帰り道を急いだ。

六

一文屋角兵衛は、青柳剣一郎が引き上げたあと、離れに行った。

すでに、大川は座敷に戻っていた。この男は石灯籠の陰からずっと座敷の青柳剣一郎を見ていたのだ。

この家にやって来たとき、角兵衛は男に命じた。姿を隠して、庭から客の侍の顔を見るようにと。

部屋の真ん中で、大川は少し興奮したように頬を引きつらせていた。感情をまったく失った人間とは思えない様子に、角兵衛は満足した。

「いかがでしたか」

角兵衛はきいた。

「誰だ。あの男は?」

「南町奉行所与力、青柳剣一郎。ひとは青痣与力と呼んでおります」

「青痣与力」

うっと、大川は頭を抱えた。

青柳剣一郎をこの家に呼んだのは、おつたに会わせるためではない。大川に、青柳剣一郎の顔を見せるためであった。

やはり、大川に反応があった。もう少しで記憶が蘇るかもしれないと思われた。だが、すぐに大川は元の無表情になった。

記憶を失っても殺しの本能は失っていなかった。それを証明したのは十万坪で青柳剣之助を斬ったときのことだ。

怪我を負わせるだけだと言い含めたが、剣之助の肩を斬ったあと、この男はさらに止めを刺そうとした。

もし、あのとき、助けが入らなければ剣之助を殺していただろう。殺人者の本能のなせる技だ。

この男は根っからの殺人鬼なのかもしれない。

「一文屋。もういいだろう。教えてくれ。俺は何者なのだ。なぜ、あの男に対してだけは、これほどの気持ちの昂《たかぶ》りがあるのだ」

大川が呻くようにきく。潰れかかった片目。その顔はまさに鬼面と化していた。

「よろしいでしょう。お話ししましょう」

居住まいを正し、角兵衛はおもむろに口を開いた。

「あなたさまのほんとうの名は新見紋三郎《にいみもんざぶろう》と仰います」

「新見紋三郎……」

反応はない。

「八年前まで、あなたさまは、小普請組《こぶしんぐみ》の御家人でございました。ところが、ある商家の内儀と懇《ねんご》ろになり、金を出させ、やがて亭主に見つかると内儀と亭主を殺して逐電したのです」

大川、いや新見紋三郎は微かに眉根を寄せた。

「去年、あなたさまは絵師の国重《くにしげ》と名乗り、殺し屋として何人ものひとを殺してきた」

紋三郎の目が鈍く光った。

「だが、あなたさまは只野平蔵《へいぞう》という元同心と決闘し、只野平蔵を打ち破ったものの、青柳剣一郎にお縄を打たれた。ところが、護送される途中、唐丸駕籠《かご》を破って吾《あ》妻橋《ずま》から川に飛び込んだのです」

紋三郎は拳を握りしめた。

「町方は船を出してあなたさまを探したが、とうとう見つからなかった。海に流されたものと見たようでした。ところが、私が釣りをしている船に、あなたさまが流れ着いたというわけです。あなたさまの生命力は驚嘆すべきものがありました」

　医者も驚いていた。並の人間なら死んでいたはずだと。

「俺は殺人鬼か」

　紋三郎が口許を歪めた。

　角兵衛はふと笑みを浮かべ、

「いかがでございましたか。己の本性を知って……。聞かねばよかったと後悔されませなんだか」

「いや、よく話してくれた。まだ、すべては思い出せない。だが、俺の中から、青柳剣一郎を殺せという声がしきりと聞こえる」

「そうです。あなたさまが自分を取り戻すためにも、青柳剣一郎を倒さねばなりません」

「殺《や》る」

　紋三郎は血に飢えた狼のように叫んだ。

「私が機会を用意いたします。それまで、焦らずに」

「わかった」

　さっきまでの蒼白だった顔に血の気が戻り、まるで燃えているように顔が赤くなっていたが、それもほんの一時で、今はいつものような無表情になっていた。

その夜は、おつたのもとに泊まり、翌日の朝食後に、角兵衛は駕籠《かご》で神田明神下の店に戻った。

帳場格子にいた番頭が、

「旦那さま。さきほど、吉蔵親分がお見えになりました」

「来たか」

覚えず、角兵衛はにんまりした。

やはり、蒲原与五郎も青痣与力の動きが心配になったのだろう。

奥の部屋にいると、吉蔵がやって来たと、手代が知らせに来た。

「こちらにお通しして」

角兵衛は手代に言った。

すぐに吉蔵がやって来た。

「親分さん。何かありましたか」

「八島の旦那が会いたがっている。今夜、駒形《こまがた》町にある『雪柳《ゆきやなぎ》』という豆腐料理屋に来てくれ」

「わかりました。確かに承《うけたまわ》りました」

「じゃあ、頼んだぜ」

おたまの旦那が与力の蒲原与五郎だという政吉の言葉をおつたから聞いたとき、角兵衛は相手の首根っこを押さえたことに小躍りした。

ただそれだけではとぼけられてしまう。だが、政吉は蒲原与五郎の印籠についていた根付を握っていたのだ。

それは三猿の根付で、精緻《せいち》な技巧を施したものだった。

それから、角兵衛は八丁堀の蒲原与五郎の屋敷に大胆にも会いに行ったのだ。これを突きつけたときの蒲原与五郎の顔は見物だった、と角兵衛は忍び笑いをした。


夕方になって出かけようとしたとき、脇田清十朗がやって来た。だいぶ上機嫌のようだ。

「これは清十朗さま」

「出かけるのか」

「少しなら、構いません」

奥の部屋に導き、角兵衛は清十朗と向かい合った。

「謝礼の金だ」

清十朗は十両をぽんと置いた。

「お役に立ててうれしゅうございます」

角兵衛は金を仕舞いながらきいた。

「どうやってこしらえたのでございますか」

「おぬしには関係ないことだ」

脇田清十朗は口許を歪ませた。

「さようで。私はお約束のものをいただければよろしいのですから」

どうせ、どこかの娘をだましたか、あるいは誰かから脅し取ったか、いずれにしろ、まともな金であるはずはない。

「一文屋。また、何かあったら頼む」

「はい。いつでも」

この清十朗はどうしようもない男だが、大事なのは新番組頭の父親だ。

清十朗が出て行ったあと、角兵衛は番頭にあとを頼んで店を出た。

猪牙舟《ちよき》で隅田川を上り、駒形町の船着場で下りた。

豆腐料理屋の前に、岡っ引きの吉蔵が立っていた。

「二階だ」

「へい」

角兵衛は豆腐料理屋に入り、奥の梯子段で二階に行った。同心の八島重太郎が待っていたが、案の定、八丁堀与力の蒲原与五郎も頭巾をかぶったままの恰好で座っていた。

「遅くなりました」

角兵衛は詫《わ》びた。

「待ち兼ねたぜ」

八島重太郎は不満そうに言う。

「青痣与力の件でございますね」

角兵衛が先回りして言った。

「そなたのところにも現れたのか」

八島重太郎が眦《まなじり》をつり上げた。

「はい」

「吉蔵に調べさせたところ、青痣与力は小網町のおたまの家や『菊もと』へも聞き込みに行っていた」

八島重太郎が渋い顔で言う。

「大浦亀之進さまのほうはいかがでしたか」

角兵衛が確かめた。

「わしが、大浦どのに確かめるということで奴を押さえたが、わしを疑っているのは間違いない」

蒲原与五郎が忌《い》ま忌ましげに言った。

「青痣与力のこと。自ら、大浦亀之進さまに会いに行くかもしれません。青痣与力の前では、大浦亀之進さまはぼろを出すやもしれませぬ。いかがなさいますか。何か、よい考えでも」

角兵衛はふたりの困惑した顔を交互に見た。

「一文屋。そなたに何かよい案があるのではないかと思い、呼んだのだ。どうだ」

蒲原与五郎がいらついたように言う。

「もう、事ここにいたっては、最後の手段に出るしか方策はありますまい」

「最後の手段だと」

「はい。青痣与力を始末すること。もはや、これしか他に手はないかと」

「なんと」

蒲原与五郎も八島重太郎も驚愕の色を浮かべた。

「あの青痣を殺ることが出来るのか」

「出来ます」

「しかし、たとえ、殺害に成功したとて、我らに疑いがかかっては元も子もない」

「心配いりませぬ。我らに関わりないところで、青痣与力を仕留めます。青痣与力が死んだことと、蒲原さまとはまったく無関係。それは私にお任せください」

「間違いないのか」

八島重太郎が形相《ぎょうそう》凄まじく念を押した。

「しかし、青柳剣一郎は新陰流の江戸柳生の流れをくむ真下道場で皆伝《かいでん》をとったほどの腕前だ。並の相手では歯が立たない。青痣与力を倒せる者がいるのか」

蒲原与五郎が不安そうにきく。

「おります」

「誰だ、それは?」

「新見紋三郎を覚えておいででしょうか」

「新見紋三郎とな」

蒲原与五郎が訝《いぶか》しげにきき返した。

「去年、絵師の国重という名で請け負い殺人を繰り返していた男です」

「うむ」

蒲原与五郎ははたと膝《ひざ》を打った。

「紋三郎なら、青痣与力に捕まり、護送の途中に川に飛び込んで死んだはずだが」

八島重太郎が訝しげにきいた。

「生きております」

「なに、生きているとな」

「はい。私が助けました。釣りをしているとき、漂流している紋三郎を見つけたのでございます。今は傷も回復しております。紋三郎は、青痣与力に対して凄まじい殺意を抱いております」

「しかし、そんな大怪我をしたあとで、腕のほうは衰えていないのか」

「逆です」

「逆だと?」

「一度は死んだも同然。つまり、死神に見入られた男、ゆえに、死をも恐れぬ豪胆さが備わり、まさに化け物と呼ぶべき不気味な剣を使うようになっております」

「化け物……」

「おそらく、青痣与力を倒せるでしょう。問題はそのあとでございます」

「そのあと？」

「紋三郎はまさに殺人鬼と化してしまうでしょう。誰彼構わず、殺人を繰り返すようになる恐れがあります」

「なぜだ。なぜ、そう言えるのだ」

「じつは、紋三郎は記憶を失っております」

「記憶を」

「はい。ただし、殺人の本能だけは忘れていません。青痣与力をひとり殺ることにより、その本能だけが活発になり、殺人を繰り返して行く。そう思われてなりません」

「わかった。青痣与力を殺ったあと、町方を総動員して奴を取り押さえる」

八島重太郎は興奮して息巻いた。

「蒲原さま。私のほうのお願いの儀、どうぞよろしく」

角兵衛は念を押した。

角兵衛は町の金貸しではなく、諸大名や旗本相手の金貸し業へと商売を拡大したいと思っていた。

だが、そのためには資金が足りない。まず貸し出す金はない。そこで、町の金持ちから出資させ、その金を諸大名や旗本に貸し出す。そういう仕組みを考えたのも、蒲原与五郎の首根っこを摑んだからだった。

つまり、奉行所の信用で、町の財産家から金を集め、その金を『一文屋』に回して欲しいという要求だ。

蒲原与五郎が否ということは出来なかった。

こうして、今は角兵衛は蒲原与五郎と手を組む恰好《かっこう》になったのである。

「角兵衛。そのことはわしに任せておけ。その代わり、青痣与力のこと、しかと頼むぞ」

「心配いりません。おたま殺しの件も、青痣与力さえいなければ何とでもなります」

「蒲原さま。それにしても木下さまがご病気になり助かりました」

八島重太郎が言った。

「木下さまとは、おたまを囲うときに仲立ちをしたという？」

「そうだ。木下伝右衛門どのが倒れてくれたことはわしにとって幸いだった。もし、元気なら、青痣の奴は木下どのにおたまの旦那のことをききにいっただろう」

「で、木下さまのご容体は？」

「徐々に回復に向かっている」

「そうでございましたか。それでは、木下さまが回復する前に、青痣与力を始末しませんと」

もはや、蒲原与五郎は商売を発展させる上で、不可欠な存在となった。是が非でも、青痣与力を斬らねばならない。

青痣与力は政吉に会いに浅草の溜に行くに違いない。狙いはその帰りだ。新見紋三郎を助けた甲斐《かい》があったと、角兵衛は含み笑いをした。

第四章　囮《おとり》

一

朝、出仕すると、剣一郎は蒲原与五郎に呼ばれた。

年番部屋の隅に剣一郎を招き、蒲原与五郎が切り出した。

「ゆうべ、大浦どのと会って来た。いや、驚いた」

きのうまでと様子が違うことを、剣一郎は奇異に思った。どこか、おどおどした様子が窺《うかが》えたのに、それがまったくない。

「大浦どのが言うには、おたまについ冗談で、じつは私の本当の正体は八丁堀与力の蒲原与五郎であると言ったことがあったらしい。まさか、それをおたまが信じていたとは思わなかったと恐縮していた」

蒲原与五郎は含み笑いをした。

「大浦どのはなぜ、そのようなことを言ったのでしょうか」

「だから、冗談だったそうだ」

その言い方も自信に満ちている。

「ほう、冗談ですか」

なぜ、こうも態度が変わったのか。大浦亀之進に会い、何らかの自信を得たのか。まさか、おたまの旦那はほんとうに大浦亀之進だったというのか。

いや、そんなはずはない。政吉はおたまが殺された夜、おたまの旦那と争ったという。そのとき、旦那の印籠の根付の紐が切れ、政吉はそれをしっかりと握っていたのだ。

大浦亀之進は次の日におたまの家に現れた。そこに作為を感じるのだ。

「青柳どの。これで得心したかな」

蒲原与五郎は胸をそらしぎみに言った。

「はあ」

何か、物事が蒲原与五郎に有利な方向に働こうとしている。そういう何かがあるのだ。

剣一郎が年番部屋を出ようとすると、坂本時次郎が書類を抱えて入って来た。剣之助が休んでいるので、同じ見習いの時次郎は忙しく動き回っているようだ。

廊下で、剣一郎は待った。書類を置いて出て来た時次郎は、剣一郎が待っているのを知ると、足早に近寄って来た。

「剣之助どのはだいぶ回復しております」

「そうか。剣之助に伝えておいてくれ。そろそろ会って話がしたいとな」

「は、はい。畏まりました」

時次郎は背中を丸めて去って行った。

ふと思い出し、吟味方与力の部屋に向かった。

幸い、橋尾左門は部屋にいた。

「橋尾どの」

剣一郎は改まった口調で左門に声をかけた。

「今、よろしいでしょうか」

「なんでござるかな」

左門は厳《いかめ》しい顔を向けた。

この左門とは幼馴染《おさなな じ》みである。だが、融通の利かない男で、奉行所で会うときはあくまでも吟味方の鬼与力の姿勢を崩そうとしない。したがって、剣一郎もそれなりに応対しなければならない。

「大事な話がございます。ぜひ、夜、時間を作っていただけませぬか」

剣一郎は声をひそめて言った。

「わかりました。青柳どののお屋敷に参上仕《つかまつ》りましょう」

「ありがとう存じます」

頭を下げながら、この石頭め、と剣一郎は心の中で吐き捨てた。


その夜、剣一郎の屋敷に橋尾左門がやって来た。

「相変わらず、多恵どのは美しいのう」

大声で言い、左門が部屋に入って来た。

るいが多恵を手伝い、酒膳を運んで来た。

「おお、るいどのか。いつの間に、こんなに美しくなられたか」

「まあ、左門のおじさま。お口がお上手《じょうず》ですこと」

るいが苦笑する。

「いや、わしは世辞を言わん」

「さあ、左門さま。どうぞ」

多恵が左門に酒を注いだ。

「多恵どの。かたじけない。よし、剣一郎。久しぶりに呑もうじゃないか」

奉行所にいるときとは打って変わってくだけた態度だ。毎度のことながら、呆れる。

その酒をうまそうに呑んでから、

「それはそうと剣之助の容体はどうだ？」

剣之助のことは病に臥《ふ》しているとしか教えていない。

「今、深川の空気のよいところで静養している。もう、だいぶいいようだ」

「そうか。それはよかった」

いつの間にか、多恵とるいは下がっていた。

頃合いを見計らって、剣一郎は切り出した。

「左門。じつは困ったことになった」

「なんだ」

左門は盃を置いた。

「吟味方の者に、これを言うのはどうかと思うのだが」

「なんだ、まどろこしい。剣一郎らしくないではないか」

左門は急《せ》かした。

「おたま殺しの元板前の政吉なる者の吟味をおまえが当たると聞いた。間違いないか」

「ああ、そうだ。だが、政吉は浅草の溜に移されたというので、吟味は延期になった」

「なぜ、政吉が溜に移されたか、わかるか」

「いや。何かあったのか」

左門が真顔になった。

「政吉は牢内で半殺しの目に遭った。いや、殺されかかったのだ」

「どういうことだ？」

「おたまの旦那が蒲原どのの可能性がある。まあ、聞け」

何か言いかけた左門を制して、剣一郎はこれまでの経緯をつぶさに語った。

「まさか、信じられぬ」

聞き終えてから、左門はぽつりと漏らした。

「俺とて同じだ。まさか、あの蒲原どのが妾を囲い、その妾を殺したなどとは信じられない。だが、政吉の話を俄《にわか》に否定は出来ないのだ」

「もし、政吉の言うことが事実だとしたら……」

　左門ははっとしたようになった。

「奉行所の人間が無辜《むこ》の人間を犯人に仕立てようとしたことになる。そのようなことは絶対にあってはならないことだ」

「もちろんだ。しかし」

　左門は困惑した顔で、

「政吉の言い逃れだという可能性もあるのではないか」

「もちろんだ。政吉が牢内で襲われたのも、牢内ではよくあることだ。つるを持っていない者が制裁を受けるのも常らしい。作造りと称して、人減らしのために殺すこともあるようだ。異常なことだが」

「俺にどうしろと」

　左門はきき返した。

「政吉の体が回復すれば吟味がはじまろう。今のことを頭に入れておいて欲しいということだ。政吉の言い分にも耳を傾けて欲しい。その上で、政吉が下手人に間違いないとなれば納得がいく」

「わかった。心に留めておく」

「すまない。木下どのの意識が戻られたら、おたまの旦那の件もはっきりするのだろうが、残念だ」

「このことは、他に誰か知っているのか」

「いや。誰にも話していない」

「宇野さまにもか」

「そうだ。もし、俺の早とちりだったら宇野さまに迷惑をかけてしまうからな。それに、この話が長谷川四郎兵衛の耳に入ったら……」

おそらく、長谷川四郎兵衛は剣一郎のほうを非難するであろう。仮に、政吉の言い分に利があったとしても、奉行所の体面を保つためにも強引に政吉を罪に陥れるに違いない。

「奉行所の威信が地に墜ちようが、無辜の人間は救わねばならない」

剣一郎はつい力んで言った。

その後、なんだか話が弾まなかった。

やはり、奉行所の人間がよってたかって無実の町人に罪をなすり付けようとしているかもしれないことに、胸が塞《ふさ》がれてしまったのだ。

その夜は、早々と切り上げ、左門は重たい足を引きずるように帰って行った。

　翌日、剣一郎は風烈廻りの与力として町の見廻りに出た。

　が、下谷広小路から湯島の切り通しに向かう所で、同心の礒島源太郎と只野平四郎に後を託し、剣一郎は浅草の溜に向かった。

　入谷の手前を東に折れ、寺の並んでいる一帯を抜けて浅草寺に突き当たり、浅草田圃《たんぼ》へ出た。

　ずっと晴天が続いて、空気が乾いている。風が砂塵を巻き上げる中を、浅草の溜に到着した。

　また病人が増えたようだ。溜の大部屋は隙間なく病人が横たわっている。

　剣一郎は政吉に会った。

「青柳さま」

「どうだ、具合は？」

「へえ。もう、だいじょうぶでございます」

「そうか。それはよかった。いつまでもここにいるわけにはいかない。近々、牢に戻ることになろう。また、何か仕掛けられるやもしれぬ。牢屋同心に注意を払わせるが、おまえも十分に気をつけるのだ。よいな」

「すいません。いろいろ」

政吉は涙ぐんだ。

「あっしは、もう諦めていたんです。相手が悪過ぎる。どうあがいたって助かる見込みはないと」

「真実は一つだ。おまえはほんとうのことを吟味のときに言うのだ。たとえ、自分に不利なことであっても。わかったな」

「わかりました」

「よし」

引き上げるとき、他の病人が救いを求めるような目で剣一郎を見た。

しかし、剣一郎には何もしてやることは出来なかった。あるいは、この中に政吉と同じように無実の者もいるかもしれない。だが、剣一郎にはどうしようもない。

逃げるように、溜を出て、浅草寺に向かった。

西陽が右手から射している。

浅草寺奥山の賑わいがここまで伝わってくる。

前方に一本の桜の樹があった。今はすっかり葉桜だ。その桜の樹の陰で人影が動いた。

浪人体の男が静かに剣一郎の前に立った。

「何者」

総髪にし、後ろで束ねている。片目が腫《は》れて、潰れかかっている。頬骨の突き出た細身の男だ。白い着物に血のような真っ赤な花びらがちりばめられている。

「死んでもらう」

相手はおもむろに剣を抜いた。

「青柳剣一郎と知ってのことだな」

剣一郎は羽織に着流しという恰好をしており、八丁堀与力だとすぐにわかるはずだ。襲って来たのは正体を知った上でのことだ。

「名乗られよ」

剣一郎は刀の鯉口を切り、柄に右手を添えた。

「地獄から戻った死神の使いだ」

「地獄……」

ふと、剣一郎はこの者とは以前に会ったことがあるような気がした。しかし、思い出せない。

相手は正眼《せいがん》に構えた。静かな構えだ。いや、相手から生命の温もりが感じられない。まるで、死者を相手にしているような錯覚さえする。

だが、相手は間合いを詰めてきた。剣一郎も抜刀した。

（なんだ、この剣は……）

剣一郎は戸惑った。

殺気がまるでない。ただ、正眼に構えているだけだ。隙だらけだ。それなのに、不気味なほどの迫力で圧倒して来る。

剣一郎も間合いを詰める。斬り合いの間に入った瞬間、相手は上段から無言のまま斬りかかって来た。

剣一郎も足を踏み込み、相手の胴を狙って剣を水平にないだ。

相手の剣尖《けんせん》が剣一郎の肩を掠《かす》め、剣一郎の剣が相手の胴を掠め、両者は入れ代わった。

再び、正眼で対峙した。剣一郎は相手の動きが読めない。

剣一郎は足を左に運んだ。少しずつ、さらに運ぶ。だが、相手の剣尖は剣一郎の目から離れなかった。相手がいつ体をまわしたのか気づかない。

剣一郎はさらに左にまわった。相手の剣尖もついてくる。が、相手はその間にも間合いを詰めて来た。

風が草木をざわつかせた。

再び斬り合いの間に入るや否や、今度は剣一郎が上段から相手の脳天目掛けて斬り込んだ。相手も踏み込んで来て、剣を真横にして剣一郎の剣を頭上で受け止めた。刃がぶつかった音が甲高く響いた。

上から押さえつけていた剣一郎の剣を、相手は凄まじい力で押し返した。

相手の顔が目前に迫った。何度かの押し合いの末、両者は後ろに飛び退いた。

鎬《しのぎ》合いから解き放たれた瞬間、剣一郎ははっとした。

「おぬし、何者だ」

自分の声が震えを帯びているのに、剣一郎は気づいた。

「地獄から帰った者だ」

「まさか……」

剣一郎は目を疑った。

「青痣与力、ひとが来た。また、会おう」

相手は剣を鞘に納めた。

剣一郎は抜き身を下げたまま呆然とした。

（新見紋三郎……）

ばかな。新見紋三郎は死んだはずだ。

去年、絵師国重と名乗り、請け負い殺人を続けてきた殺し屋の新見紋三郎を寺島村《てらじま》でついに捕縛した。

深手を負っていた紋三郎を唐丸駕籠に乗せて、寺島村から大番屋に向けて護送した。

ときたま突風の吹く天候で、何度か一行の列が乱れた。そして、吾妻橋の真ん中で、駕籠が止まったとき、唐丸駕籠から紋三郎が飛び出し、あっと騒ぐ町方を尻目に、橋の欄干によじ登り、両手を広げるような格好で隅田川に飛び込んだのだ。

直ちに船を出し、降り出した激しい雨の中、暗い川面を探索した。

探索は翌日も続けられたが、紋三郎を見つけることは出来なかった。川の流れは激しく、海に流されたに違いないと判断した。

あの傷で、助かるわけはない。新見紋三郎は死んだと見なされたのだ。

あれから、半年。

まさか、そんなはずはない。紋三郎が生きているはずがない。

だが……。思い返せば、今の立ち合いで、あの男は必ずしも積極的に攻撃をしてこなかった。

きょうは、単に顔を見せるためにだけ現れたのかもしれない。紋三郎だとわからせるために……。

そのとき、ぎゃあという叫び声がして、剣一郎は我に返った。

吉原通いらしい男が、抜き身を手にした剣一郎に驚いて悲鳴を上げたのだ。

剣一郎の胸騒ぎのように草むらが風にざわめいていた。

二

朝陽が眩《まばゆ》い。

剣之助は起き上がった。もう、傷の痛みはなくなった。

剣之助は部屋を出た。

「あら、どちらへ」

およしが気づいて奥から出て来た。

「久しぶりに外に出てみたいのです」

「そう、気をつけてね」

およしに見送られて、剣之助は『和田屋』を出た。

風が気持ちよい。外の空気がこんなにもおいしいものなのかと、剣之助は思い切り深呼吸をした。

ぶらぶら歩き、洲崎《すさき》海岸にやって来た。

海のかなたに富士山が望める。白い波が立っていた。

松林を抜けたところにあった樹の切り株に腰を下ろした。何日間も寝ていたので、足もまだふらつく。

（志乃どの）

白い雲を見て、志乃を思った。

婚礼はあと数日後に迫っている。

ゆうべ、時次郎がやって来た。近々、父上が会いたいと言っていたという。会っても、自分の思いを止めることは出来ない。

志乃を助けたい。それがすべてだ。

だが、ほんとにそれだけかと自問してみる。

奉行所に見習いで出てから、父が青痣与力として偉大な存在であることがわかった。

その息子という目で見られることに、自分は堪《た》えられなかったのかもしれない。志乃のことを利用して、自分はそういうしがらみから逃れようとしたのではないか。

違う。俺は志乃を助けたいのだ。みすみす不幸になる婚儀を許すわけにはいかないのだ。そう、剣之助は自分に言い聞かせた。

背後に足音が近づいて来た。

時次郎かと振り向くと、やって来たのは船頭の春吉だった。

「およしにきいたら外に出られたというので」

春吉は二十八歳で日に焼けて赤銅色の肌をしていた。笑うと白い歯がよけいに白く見える。

「外に出られるようになってよござんした」

「春吉さんにもお世話になりました」

剣之助は頭を下げた。

「とんでもねえ」

何者かに襲われたとき、時次郎と共に春吉が駆けつけてくれたので、剣之助は助かったのだ。

「ほんとうなら、今頃は酒田でおふたりで過ごしていたはずですのに」

「はい。無念です。でも、まだ、諦めません」

剣之助は声に力を込めた。

「そうですとも。諦めちゃいけません。あっしが、責任を持って、無事に栃木までお送りさせていただきますから」

「すみません。でも、春吉さんは、どうしてそれほどまでに私たちのことを？」

「好きな者同士、なんとしてでもいっしょになって欲しいと思いましてね」

春吉は悲しそうな目をした。

剣之助はおよしの言葉を思い出した。

「そのひとと駆け落ちまで考えたの。でも、私は出来なかった。病気のおっかさんや妹たちを捨てることが出来なかった。だって、あのひとたちはあたしがいなければ生きていけないでしょう」

そのひとって、春吉さんですね、と剣之助は訊《たず》ねたのだ。

「およしさんから聞きました」

「えっ、何をです？」

剣之助の声に、春吉は訝しげにきき返した。

「春吉さんと駆け落ち出来なかったことです。やっぱり、春吉さんもおよしさんも心で結ばれているんですね。おふたりが私の力になってくれるのは、おふたりがまだ惹《ひ》かれあっているからなんですね」

「剣之助さん。あっしたちみたいな貧しい者には好きな女といっしょになることも出来ないんですよ」

その言葉は剣之助の胸を衝《つ》いた。

世の中には貧しい人々がいるのはわかっていた。だが、その貧しさによってどんな苦しみがもたらされるのかは実感出来ていなかった。

今、それがわかる。春吉とおよしは貧しさゆえに結ばれることが叶わなかったのだ。それに引き換え、自分と志乃が添い遂げられない理由は親の見栄や家の束縛《そくばく》のためだ。

「剣之助さん、どうかしましたか」

春吉が訝しげにきいた。

「いえ、なんでも……。ただ、春吉さんたちの苦労に比べ、私たちは何と恵まれているか。それを思うと、たまりません」

「何をおっしゃいますか。ひとには身分というものがあります。理由はともあれ、好きな女子と引き裂かれる苦しさは皆同じです。剣之助さんにはぜひ好きな女子と共に歩んで行ってもらいたいんですよ」

「ありがとう、春吉さん。きっと、志乃どのといっしょになります」

「そうです。その意気です。あっしもお力になります。さあ、あまり長くなって、およしが心配するといけません」

「およしさんには何と言って感謝していいかわからない。私はあのひとといると心が安らぐんです。ほんとうの姉のように思えます」

「およしも、剣之助さんを実の弟のように思っているみたいですぜ。およしのためにも、志乃さまと幸せを摑んでください」

「はい」

剣之助は、婚礼の日までには志乃を略奪するつもりだった。

婚礼が迫ってくれば、志乃が屋敷に戻されるはずだ。その屋敷に踏み込んで、志乃を奪う。

その足で、春吉の船に乗り込み、江戸を離れるのだ。

どんな苦難が行く手に待ち構えているかもしれない。だが、志乃とふたりなら、それを乗り越えることが出来る。剣之助はそう信じていた。

『和田屋』に戻る途中、春吉が言いづらそうに言った。

「剣之助さん。じつは、『和田屋』のほうじゃ、そろそろ離れを使いたいそうなんです」

「あの部屋をずっと占領して申し訳ないと思っていたところです。わかりました。どこか、住まいを探します」

「それなんですが、剣之助さんさえよければ、あっしのところに来ませんか」

「いいんですか」

「もちろんですとも。ただし、狭くて汚いところで、我慢出来るかどうかわかりませんが、それでよければ」

「助かります。ほんとうのことを言うと、いつぞやおよしさんが『和田屋』の内儀さんに頭を下げていたのを見てしまい、なんとかしなければならないと思っていたところなのです。およしさんのおかげで、あの部屋にいられたのですからね」

「およしは自分の手で剣之助さんの看病をしたかったんですよ。じゃあ、さっそく今夜からでも」

　春吉がうれしそうに言った。

　およしや『和田屋』の内儀に挨拶し、剣之助は仙台堀沿いにある東平野町《ひがしひらのちょう》の春吉の家に移った。春吉が働く船宿『船徳』からあまり離れていない。

　棟割長屋で四畳半一間だ。神棚があり、柱に半纏《はんてん》がかけてある。壁の隅に枕屏風《まくらびょうぶ》が立てかけてあり、ふとんが重ねてあった。

「驚いたでしょう」

春吉が決まり悪そうに言う。

確かに、想像以上に狭い所だったが、剣之助は決していやではなかった。

「春吉さん、あれは？」

壁の釘に網がかかっている。

「投網《とあみ》ですよ。船頭の仕事のないときは、隅田川で魚をとるんです」

徳利や煙草盆が置いてある。

慎ましいというより、貧しい暮らしというべきかもしれない。だが、春吉はたくましく生きている。

「春吉さんは、いつかおよしさんといっしょになるんでしょう」

「ええ。そうしたいと思っています。だから、一生懸命仕事をしているんですよ」

春吉の表情が輝いて見えた。

陽が翳《かげ》ってきて、行灯に灯を入れた。

「今、夕飯の支度をします」

春吉が立ち上がった。

「私も手伝います」

「いえ、剣之助さんは座っていてください」

「やらせてください。といっても、何をしていいかわかりませんけど」

「じゃあ、七輪に火をおこしてもらいやしょうか。ほれ、消し炭が……」

剣之助はなんだか楽しくなっていた。

三

翌日、奉行所に出仕した剣一郎は、まず宇野清左衛門に会い、新見紋三郎に出会ったことを話した。

宇野清左衛門は半信半疑の体だった。

次に、同心詰所に顔を出し、植村京之進《うえむらきょうのしん》を呼んだ。

「京之進、驚くな。新見紋三郎が生きていた」

「えっ、何と仰いましたか。新見紋三郎ですか」

「そうだ。ゆうべ、紋三郎が私の前に現れた」

「まさか」

「そう、私も信じられぬ。だが、間違いなく、あやつは紋三郎だ」

「しかし、奴は隅田川に手負いのまま飛び込んだのです。あの流れに海まで持って行かれたに違いありません」

「うむ。誰もが、そう思っていた。だが、奴は生きていたのだ」

「身内の者が何らかの魂胆があって、紋三郎になりすましたとは考えられませんか」

「いや。あれほどの腕の持主がそういるとは思えぬ。何者かが、紋三郎を助け、今も匿《かくま》っているのだ。助け出されたときは、相当の怪我を負っていたはず。医者を探すんだ。と同時に、助け出したのは船に乗っていた者だ。船宿、漁師、釣り人などを当たってくれ」

「容易ならざること。しかと承りました」

半信半疑の体であったが、剣一郎に信頼を寄せている京之進の顔つきも厳しいものになっていた。

政吉のこと、剣之助の問題に加え、さらに新見紋三郎の復活と、剣一郎に三つもの難題が差し迫って出現した。

混乱を嘆いてもはじまらない。ひとつひとつ片づけていかねばならぬ。

剣一郎は奉行所を出て、小伝馬町に向かった。

牢屋敷に着くと、牢屋同心の田原次郎兵衛を呼んでもらった。

田原次郎兵衛は待っていたように飛んで来た。

「青柳さま。牢役人たちは口が固くて何も答えません。平囚人にひそかに話をきいたのですが、どうやら二番役の者が政吉を目の敵にしていたそうです」

牢内には牢名主を頭に添役、角役、そして二番役などと、十二人の囚人で牢役人の組織が作られている。

「その二番役の者に、牢屋下男の伝六《でんろく》から金が渡っていたことがわかりました」

「伝六が金を渡し、政吉を殺すように命じたというわけか」

「はい。その伝六を問い詰めたところ、岡っ引きの吉蔵から頼まれたと」

「やはり、そうか」

牢屋下男は囚人の買物の手伝いをしたり、囚人への差し入れを取り次いだりしている。その際にピンはねをしているらしいが、黙認されている。

もともと、牢屋下男は給金が安いのだ。吉蔵から金をつかまされ、二番役に政吉殺しを頼んだのだろう。

「二番役の者だけでなく、牢名主にも、政吉は重要な証人でもあるから、もし万が一のことがあれば、牢内改めを徹底的に行うと告げておきました。ですから、政吉が戻ってきても大事ないかと思います」

定期的に、牢奉行の石出帯刀や牢屋同心、さらに奉行所の牢屋見廻り同心などが立ち会い、囚人を全員牢から外に出して牢内改めを行っている。

牢内には持ち込めない法度の品物があっても、刃物などの危険な物でなければ、ほとんど見逃していた。

だが、政吉に万が一のことがあれば、酒、煙草などの法度品をことごとく取り上げると威《おど》したのだ。

「田原どの。いろいろかたじけない」

剣一郎は田原次郎兵衛の労に感謝した。

「いえ、とんでもありませぬ」

牢屋同心は囚人を相手にするということで、世間からは卑しめられているが、田原次郎兵衛のような人間がいてこそ、罪を犯した者たちの保護が出来るのだ。

これで、政吉は改めて吟味に臨むことが出来る。

ただ、吟味がはじまれば、すべてよしというわけではない。真実が明らかにされるかどうか、吟味役の橋尾左門の手腕にかかっている。

なにしろ、蒲原与五郎はあらゆる手段を使って政吉を下手人に仕立てようとしてくるはずだ。証人を作り上げ、証拠をでっち上げるかもしれない。

それだけではない。奉行所の威信を守ろうとする姿勢が誰にもある。橋尾左門にもそれがないとは言えない。そこに一抹の不安があった。事件に疑いを持ったとしても、奉行所の威信を優先し、正常な判断が働かなくなってしまうかもしれない。もっとも、可能性は低いと思っているが、政吉が嘘をついている場合だってあるのだ。

吟味の成り行きを見守るしかない。


その夜、奉行所から帰った剣一郎は着替えると、

「剣之助に会って来る」

と多恵に言い、屋敷を出た。

政吉のほうの目処《めど》が立った今、いよいよ剣之助の問題と立ち向かうときがきた。ある意味では政吉のこと以上の難題かもしれない。

忙しさにとりまぎれてとか、剣之助の気持ちが落ち着くまでといって時間をおこうとしたのは、剣之助と対峙《たいじ》する勇気がなく、先延ばししてきただけなのかもしれない。

八丁堀の堀から乗り込んだ船の上でも、思うのは剣之助のことばかりだった。

志乃への恋慕の情は理解出来た。だが、志乃と駆け落ちを仕掛けたという思い切った行動は、剣一郎に衝撃を与えた。

剣之助は青柳家の跡取りだ。与力という職を継ぐことも決まっている。それさえも、女のために捨てようとした。

そのことが剣一郎には理解出来なかった。

剣一郎には兄がいて、自分はどこかに養子に行くしか将来の道はなかった。幸か不幸か、兄が非業の死を遂げ、剣一郎は青柳家を継いだ。

だが、次男、三男に生まれたために、己の才能を生かす道もなく、自暴自棄になって人生を誤《あやま》った仲間を何人も見てきた。

それに比べたら、剣之助はなんと恵まれていることか。

いつから、剣之助は身勝手で、わがままな人間になってしまったのか。それとも、恋に狂ったのか。

船は隅田川から仙台堀に入った。剣之助は『和田屋』を出て、今は東平野町の春吉という船頭の家にいると、坂本時次郎から聞いていた。

亀久橋の傍の船宿『船徳』の船着場で船から下り、剣一郎は東平野町の路地に入った。

春吉の家はすぐにわかった。長屋の路地に入り、どぶ板を踏んで行くと、手桶を持った剣之助が奥の家から出て来た。

剣之助が立ちすくんだ。剣一郎はゆっくり編笠をはずした。

「父上」

「剣之助。久しぶりだの。もう、傷はいいのか」

「はい」

洗濯物を取り込んでいた長屋の女房が好奇心に満ちた目を向けていた。

「ちょっと水を汲《く》んでまいります」

剣之助は剣一郎の脇をすり抜け、木戸の近くにある井戸に向かった。

剣之助は桶に水を汲んでいる。剣一郎は目を細めて見ていた。

水をいっぱいに汲んだ剣之助は戻って来て、家の土間に入った。剣一郎は敷居際から家の中を覗いた。

狭い部屋だ。ここに男ふたりが暮らしているのか。だが、きれいに片づいている。

どうやら、剣之助が掃除をしていたようだ。

剣一郎は目を見張る思いで、水瓶《がめ》に水を入れている剣之助を見た。

剣之助の動きがきびきびしているように思えた。生き生きしている。そんな感じがし、またも剣一郎は衝撃を受けた。

なぜ、剣之助がこんなにもはつらつとしているのだ。

「剣之助。話がしたい。外に出ないか」

「はい」

剣之助は素直に応じた。

長屋を出て、河岸に向かった。

船宿の横にある火の見櫓《やぐら》の下にやって来た。

「なぜだ。なぜ、あんなことをしようとしたのか、わけを話してもらえないか」

剣一郎は切り出した。

剣之助は口をつぐんでいる。黙っているのではなく、何から話すか迷っているふうでもあった。

「志乃どのが結婚することに耐えられなかったのか」

剣之助がゆっくり顔を向けた。

「もし、相手が志乃どのに相応《ふさわ》しい男であれば、私は諦めていました。でも、相手の脇田清十朗は、そうではありませぬ。あんな奴に志乃どのを任せられないと思ったのです」

「だが、駆け落ちなどして、ふたりでやっていけるとでも思ったのか」

「はい」

甘いと、口に出かかったが、剣一郎は別のことを言った。

「わしはそなたが奉行所内でいろいろなことを見聞きし、さまざまな矛盾にぶち当たり、与力という仕事に疑問を持つようになったのかと思っていた」

「違います」

剣之助は声を高めた。

「確かに、私には理解出来ないことがあります。でも、そんなことからは逃げません」

「逃げる？　それはどういうことだ。剣之助。詳しく話せ。どういうことなのだ」

剣之助は俯《うつむ》き、唇を噛んでいる。両手を握りしめ、何かに堪えているようだ。

「さあ、話すのだ」

剣一郎が迫ると、剣之助は見開いた目を向けた。

「伯父どののことをお聞きしました。父上の兄上どののことです」

うっと不意をつかれたように、声が喉元に詰まった。

「伯父は押込み強盗にひとりで立ち向かい、そのために斬られたそうですね。そのとき、父上もいっしょだった。でも、父上はただ黙って見ているだけだったそうじゃないですか。父上が加勢に入ったのは伯父が斬られたあと。もし、最初から加勢していたら、伯父は斬られずにすんだとのこと」

「剣之助……」

剣一郎は動揺した。

若き日の慙愧《ざんき》に堪えない過ちを、伜《せがれ》剣之助に真っ向から糾弾《きゅうだん》されたのだ。

「剣之助。わしは加勢に入れなかったのだ。怖かったのだ。わしはあのとき十六歳だった。それまで真剣で立ち合ったことがなかった。だから、白刃を交えている光景に足が竦《すく》んでしまったのだ」

「そうかもしれません。でも、父上の心の中に、そのとき伯父が死ねばいいという気持ちは生じなかったのですか」

「何を言うか」

頬を殴られたような衝撃に、剣一郎はむきになった。

「わしが、なぜ、そんな真似を」

「いずれにしろ、伯父が死んで、父上が家を継ぐことが出来たのは紛《まぎ》れもない事実です」

剣一郎は啞然とした。

「もし、あのとき、父上が助太刀していれば伯父は死なずに済んだのは間違いありませぬ。さすれば、青柳家を継いだのは伯父です。父上は与力の職についていないのです」

いったい、誰が。この言い方は、まるで兄の許嫁《いいなずけ》のりくのようではないか。

あなたの心の奥に兄上が死んでくれたらという気持ちがあったのではありませんか。あなたはわざと、助けに入らなかったのです。

りくは、剣一郎にそう浴びせたのだ。

「わしは兄上の死の責任を感じていた。どうして、早く助太刀出来なかったのかと自分を責めてきた。いまでも、そのことを思うと、胸が痛む。だが、剣之助。信じてくれ。兄上の死を願ったことなど一度もない。ほんとうに怖かったのだ。剣之助。父は兄上を助けられなかったことを生涯の悔《く》いとしている。だが、父は何ら恥じることはしていない」

「父上。本来ならば、私は生まれてくるべき人間ではなかったのです。志乃どのとて同じこと。もし、伯父とりくさまが結ばれていたら、志乃どのはいなかった。そういうふたりが共に生きて行くには、こうするしかなかったのです」

「それが志乃どのと駆け落ちする理由なのか。与力の職を継がない理由なのか」

剣之助から返事がない。

それにしても、今の話を、いったい誰から聞いたというのか。

「剣之助。今の話を誰から聞いたのだ」

さっと剣之助は顔をあげた。

「志乃どのの母上です」

「志乃どのの母親？　まさか、名は……」

「りくさまです。伯父の許嫁だったりくさまです」

「なんと」

深いため息と共に剣一郎は言った。

「剣之助。確かに、そなたの言うとおりだ。怖かったとはいえ、兄上を見殺しにしたことには変わりない。そのことでわしは心に生涯消えることのない苦悩を抱くことになった。わしのこの青痣は、そのためだ」

剣一郎ははじめて青痣のわけを語った。

「わしは当番方与力だった頃、人質事件で捕物出役した。同心たちが手こずっていた賊十人のところに単身で乗り込み、十手一つで叩きのめした。このときに受けた疵《きず》が青痣となって残ったのだ。単身で乗り込んだのは、やり場のないどうしようもない心をもてあましていて自棄《やけ》っぱちからだった。それを周囲は勇気だと誤解しているだけだ。剣之助。父はほんとうは弱い人間なのだ」

「父上」

両拳を握りしめ、何かにじっと堪えるように聞いていた剣之助が、剣一郎の声を遮《さえぎ》るように言った。さっきまでと異なり、剣之助の表情は弱々しいものに変わっていた。

「私は卑怯な人間です。父上と伯父とのことや志乃どののことは口実で、私は青痣与力の重圧から逃れようとしていたのです」

剣之助の口から意外な言葉が漏れた。

「私は父上の子であることが、青痣与力の息子であることに堪えられなくなったのです。私は、見習いに出て、父上が青痣与力と呼ばれ、いかに奉行所内で畏敬の念で見られているかを知りました。最初はうれしく、誇りに思いました。ところが、青痣与力の息子ということで、私は周囲から特別視されていることに気づいたのです。でも、そんな視線は無視出来ます。私が堪えられなかったのは、周囲が私に青痣与力の子としての過大な期待を寄せていることなのです。私にはその期待に応える力はありませぬ」

青痣与力の子であることが大きな負担になっていることはわかっていた。だが、剣一郎が想像する以上の重圧だったのか。

「伯父が死んだために、父上が青柳家の跡を継ぐことが出来、そして、その子である私がのうのうと見習いとして奉行所に上がれたことは紛れもない事実です」

「剣之助」

「父上は私に目をかけ、大事に育ててくれました。私はそのことに感謝をしております。でも、父上は兄上の死を乗り越えて与力になったのです。そのため人知れぬ苦悩があったことと思います。でも、それが青痣与力を作り上げる力の源になったのではないのですか。しかし、私は違います。ぬくぬくと育って来ました。こんな人間では、青痣与力の跡を継ぐことなどとうてい無理です」

剣之助は心情を吐露しているのだと思った。

「最初は、逃げからでした」

剣之助は深く息を吐いて、

「でも、今は違います。心底、志乃どのを救いたいのです」

剣之助はきっとした目つきで、

「自分の力で何かをなしたいのです。志乃どのを救うことは、自分の人生を自分で切り開いて行くことなのです。父上。お許しください」

そう言うや、いきなり剣之助は踵《きびす》を返して、一目散に駆け出した。

剣一郎は追うことも出来ず、ただ呆然と剣之助の去った方角を見ていた。

だが、暗くなった一本道に風が埃を巻き上げただけだった。剣之助がはるかかなたの遠い所に行ってしまったように思えた。

ふと背後にひとの気配がした。いや、さっきから誰かがいたようだ。

剣一郎は振り返った。肩幅の広く、たくましい体つきの若者が立っていた。

「青柳さまでいらっしゃいますか」

おずおずと、その男は口を開いた。

「そなたは？」

「今、剣之助さんをお世話させていただいている船頭の春吉と申しやす」

「すると、あの長屋の者か」

さっき剣之助が入って行った家を思い出した。

「へえ。さいでございます。『和田屋』のおよしから頼まれました」

「およしの知り合いか」

「へい」

　春吉はためらいがちに、

「申し訳ございません、今の話を聞いてしまいました。あっしは、剣之助さんの力になりたいと思っておりました。今の話を聞いて、改めて剣之助さんの覚悟を知りました。どうか、剣之助さんの思うようにやらせてあげて下さいまし」

「剣之助は、まだ志乃を諦めていないということか」

「へえ」

　春吉は曖昧《あいまい》に頷いた。

「もし、剣之助さんにお言づけがあれば伝えます。どうぞ、なんなりとお言いつけくださいませ」

「いや。何を言っても、今の剣之助は聞く耳を持たないだろう」

　剣一郎は懐から財布を取り出した。

「この中に十両ある。これを預かってくれないか。剣之助が入り用になったとき、これを渡して欲しい」

　財布ごと、剣一郎は春吉に渡した。

「あっしを信用してくださるので」

「もちろんだ」

およしが頼んだ相手に間違いがあるはずはない。

「確かに、お預かりいたしました」

春吉は押しいただくように、財布を頭の上に捧げ持った。

春吉が去り、剣一郎はひとりになった。急に夜風が心にしみ入ってきた。

剣之助はまだ志乃のことを諦めていない。志乃は親戚の家に幽閉されているようだ。剣之助は思い切ったことをしでかしそうだ。

いくら引き止めても聞き入れてはくれまい。剣之助は思い込むと一直線に突っ走ってしまう。そんな一途さは亡き兄と同じだった。

足元でさざ波の音がする。月明かりを反射して、川面が光っている。

頬がうずいた。兄が何か言っているような気がした。だが、それが何かわかるはずもなかった。

ただ、星が流れたとき、一瞬兄の声が聞こえたような気がした。

（剣一郎。何を悩む。何があろうと与力の職責を果たせ）

気のせいか。

「兄上」

剣一郎は声を発した。

そうだ。今やらねばならない問題があるのだ。私的なことに、心をとらわれてはならないと自分に言い聞かせた。

気を取り直し、剣一郎はようやく足早にその場を離れて行った。

四

その夜、青柳剣一郎の屋敷に手紙を届けさせた使いの者が戻って来てから、角兵衛は明神下の『一文屋』を出た。

店を出たところで、同心の八島重太郎と岡っ引きの吉蔵に会った。

「政吉が溜から牢屋敷に戻ることになった。牢に戻れば、吟味が始まる。早いとこ、あっちを始末しろ」

八島重太郎が睨み付けるように言う。

「明日、間違いなくやります。誘《おび》き出す手紙を届けさせましたから」

「どこだ、場所は？」

「深川、十万坪」

「よし、わかった」

角兵衛はふたりと別れ、神田川にある船宿から船に乗り込んだ。

新見紋三郎が青痣与力を斬ったあと、奉行所が紋三郎を取り押さえるのだ。そうやって、青痣与力の仇《かたき》をとるのだ。

波に大きく揺られながら、船は油堀に吸い込まれるように入って行った。

さしずめ、店の土蔵に、三千両は欲しいと、角兵衛は計算した。奉行所与力、蒲原与五郎の信用で、江戸の豪商から金を出資させるのだ。

木場の材木商、日本橋の魚市場、蔵前の札差《ふださし》。その他にも呉服店や海産物問屋などに豪商はいるのだ。

蒲原与五郎の名があれば、容易に金は集められそうだ。また、大名、旗本などの借手を探すのは簡単だ。

どこのお屋敷も貧困に喘《あえ》いでいる。ちょっと声をかければ、すぐに乗ってくるはずだ。心配なのは貸した金が戻って来なくなることだが、この場合には奉行所の威光で、また豪商から金を出させるのだ。

『一文屋』の後ろ楯は奉行所だということになれば、箔《はく》がつく。

そんなことを考えていて、船着場に着いたのも気づかなかった。

きょうは、新見紋三郎に会うのだ。

屋敷に辿り着き、門を入ると、そのまま庭への枝折り戸を開けて、離れに向かった。

離れに紋三郎の姿はなかった。外出しているとも思えない。

庭に出る雨戸が開いていた。庭下駄がない。おつたが知っているかもしれないと、母屋に向かった。

居間に行ったがおつたはいなかった。

「おつた」

角兵衛が叫んだ。

すると、奥の襖が開いて、紋三郎が出て来た。

角兵衛はふと冷気を浴びたように体がいっきに凍《い》てつくのを感じた。

「いったい、こんなところで何を」

角兵衛はきいたが、紋三郎は黙ってすれ違って部屋を出て行った。

角兵衛は奥の部屋に行ってみた。

はだけた胸元を手で押さえて、襦袢《じゅばん》姿のおつたがふとんの上に座っていた。

「おつた」

覚えず、角兵衛は叫んだ。

おつたの口にほつれ毛がかかっている。

「おつた、おまえは……」

何があったかは一目瞭然だった。

「いきなり、あのひとが」

「おい、あいつの物は役立ったのか。おい、どうなんだ」

角兵衛はおつたの体を揺すった。

傷が癒《い》えても、紋三郎は女を抱けない体になると、医者は言っていたのだ。だから、安心しておつたに紋三郎の面倒を見させてきたのだ。

おつたはぐったりして何も答えようとしなかった。

（ちくしょう。奴は化け物だ）

奇跡的に息を吹き返し、半年足らずでほぼ怪我が癒えたのも人間業とは思えない。ましてや、女を抱けるようになるとは……。

角兵衛は憤りを鎮めようと何度も深呼吸をした。

そして、再び離れに行った。

紋三郎は部屋の真ん中で顔を反対に向けて寝そべっていた。

「新見さん。おつたに何をなすったんですね」

角兵衛は静かにきいた。

「見てのとおりだ」

「おつたはあっしの女房ですぜ」

「向こうが誘ってきた」

「新見さん。命を助けた恩をよもや忘れたわけではありますまいな」

紋三郎は深い闇のような黒目を向けただけで、何も言おうとしない。

角兵衛は顔をしかめた。が、怒りを胸に呑み込み、

「よろしいですか。二度と、こんな真似はよしてください。いいですね」

「向こうに言え」

目を閉じ、深呼吸をして、角兵衛は怒りが爆発するのを抑えた。今は、この男が必要なのだ。

「ちょっときいていいですかえ」

角兵衛は紋三郎の表情のない能面のような顔を見た。

「なぜ、先夜、青痣与力を仕留めなかったのですかえ」

「俺が舞い戻ったことを知らせただけだ。恐怖心を抱かせるためだ。殺《や》るのはいつで

も出来る」

「それじゃ、今度は頼みましたぜ。明日の夜、青痣与力を十万坪に誘き出します。あそこなら、万が一、青痣が捕り方を忍ばせてきても、わかりやすいですから」

「いいだろう」

紋三郎は不敵な笑みを見せた。青痣与力を仕留めるという余裕の笑みか、それとも女を奪ったという優越感の笑みか。どちらとも判断がつかなかった。

いずれにせよ、不気味だった。

「それでは、明日の夜、頼みましたよ。それから」

「なんだ？」

「もう、おつたは引き上げさせます。よろしいですね」

「勝手にしろ」

紋三郎はくぐもった声で答えた。


その夜、角兵衛はふとんに入ったが、おつたに手を出す気になれなかった。紋三郎とのことが妄想となって襲いかかり、角兵衛は寝つけなかった。

有明行灯の灯でぼんやりと天井板が見える。

隣で、おつたも目を開けているようだった。

このおつたも政吉に惚れていたのだ。だが、もう政吉はおしまいだ。

牢内での殺しは失敗し、政吉は浅草の溜に移された。だが、怪我も回復し、再び牢内に戻り、いよいよ吟味が始まるそうだ。

もう牢内で、殺すことは難しくなったが、青痣与力さえいなくなれば、吟味でも政吉を下手人に出来るはずだ。

岡っ引きの吉蔵が、証拠を捏造《ねつぞう》し、目撃者まで用意した。万全だ。

蒲原与五郎がこのまま無傷でいれば、『一文屋』には資金が入って来て、大名相手の金貸としてやっていけるのだ。

「おつた、まだ起きているのか」

「はい」

一呼吸置いて、おつたが答えた。

「おつた。明日、明神下へ帰るのだ」

すぐに返事はなかった。

やがて、おつたが低い声できいた。

「あの侍に何をさせようとしているのですか」

「おまえは知らなくていい」

「政吉さんの事件に絡んだことですか」

「知る必要はない」

「政吉さんは助かるのでしょうか」

「わからん。吟味ではっきりする。まだ、政吉のことを……」

角兵衛は忌ま忌ましげに言った。

「だって、政吉さんは無実ですもの」

「いいか。もう、政吉のことは忘れるのだ」

おつたから返事はなかった。

寝つけなかった。やはり、紋三郎とおつたのことが頭から離れないのだ。蒲原与五郎がおたまを殺したのも、こんな気持ちからだったのか。

ふっと寝入っては目が覚めるというのを繰り返しながら、朝を迎えた。

雀の囀《さえず》りが喧《やかま》しい。

手伝いの婆さんが作ってくれた朝飯を食べ終えたあと、おつたが妙に真剣な目で角兵衛を見た。

「私、もうしばらくここにいます」

「だめだ」

「いさせてください」

「なぜだ」

角兵衛はいらついた。

意地でも連れて帰ると言おうとしたとき、ぬっと黒い影が現れた。

あっと思って、顔を上げると、紋三郎が立っていた。

「なんだ、勝手に上がり込んで」

「この女、俺がもらう」

深い井戸の底のように暗い目が、角兵衛を見据えている。

「おつたはあっしの女房だ。無茶言っては困りますぜ」

「この女に聞け、どうするか」

「なに」

信じられないといった目で、角兵衛はおつたを見た。

おつたは口を開いた。

「私は新見さんについていきます」

「てめえ、おつた」

角兵衛はおつたに摑みかかった。

「よせ」

紋三郎が角兵衛の手首を摑んだ。

「角兵衛。悪く思うな。その代わり、青痣与力は殺る。だが、今日は無理だ」

「なんだと」

この男を助けたことは失敗だったのかもしれない、と角兵衛は震える心で後悔した。

五

その夜、剣一郎は提灯《ちょうちん》を手に十万坪で待っていた。荒涼とした風景を闇が包んでいた。雲が激しく流れて行く。

半刻（一時間）ほど経つ。約束の五つ（午後八時）を大きくまわっていた。

ゆうべ、屋敷に戻ると紋三郎からの手紙が届いていた。果たし状であり、ひとりで来ることと書かれていた。

周囲を見回したが、人影はない。

（なぜ、来ない）

来ないことが、理解出来なかった。

幾《いく》つかの提灯の明かりが見えた。植村京之進たちに違いない。

決闘の決着が付いているであろう四つ（午後十時）近くにここに来るように伝えてあったのだ。

京之進は剣一郎の提灯の灯を目指して近づいて来た。

「青柳さま。ご無事で」

「いや。紋三郎は現れなかった」

「来なかったのですか」

京之進も意外そうな顔をした。

「今宵《こよい》はもう来ないだろう」

剣一郎は腑に落ちないまま呟《つぶや》いた。

「私たちが駆けつけることを見抜いて避けたとは考えられませんか」

「いや。紋三郎はそんな男ではない。何かあったとしか考えられん」

それでも未練がましく辺りを見回してから、剣一郎は帰り始めた。

「青柳さま。紋三郎らしき男を治療した医者が見つかりました。金をもらって口止めされていたらしく、問い詰めてやっと白状させました」

「よくやった。で、どこに匿《かくま》われていたのだ」

「島田町にある『一文屋』の寮の離れだそうです」

「『一文屋』の寮？」

いつぞや、おつたを訪ねたとき、何者かに見つめられているような気がした。さては、あれが紋三郎だったか。

「で、寮には？」

「見張りをつけておりますが、まだ動きはないようです」

ここから島田町は近い。そこにいるのなら、なぜ、紋三郎はやって来なかったのか。

「気になる。行ってみよう」

広大な材木置き場を抜けて、島田町にやって来た。

黒板塀の門を見通せる路地に、京之進の手先が潜んでいた。

「どうだ。誰か出て来たか」

京之進が小声できく。

「いえ。夕方になってからも、誰も出て来ません」

「おかしいな」

剣一郎は小首を傾げた。

「ここには一文屋角兵衛の女房のおつたが住んでいた。ひょっとしたら、おつたが紋三郎の看病をしていたのかもしれない。よし、踏み込んでみよう」

「わかりました。よし」

京之進は手先の者に合図をした。

門を入り、格子戸に手をかける。簡単に戸が開いた。

家の中は真っ暗だ。

「おや、これは……」

いやな空気が充満している。血の匂い、あるいは死臭。

提灯の灯を照らして廊下を奥に向かった。

部屋を一つ一つ調べていった。そして、勝手口に近い場所に、誰かが倒れていた。

提灯の明かりに浮かび上がったのは一文屋角兵衛だった。顔面を真っ二つに裂かれていた。

「これは……」

あとからやって来た京之進が凄惨《せいさん》な死体に絶句した。

「紋三郎の仕業だ」

紋三郎が斬ったのだ。

「女がいるはずだ。探すのだ」

剣一郎は叫んだ。

奥の部屋から探した。だが、他に誰も見つからなかった。

剣一郎は離れに行ってみた。

ふとんが敷いてあり、空徳利が転がっている。生活の匂いがあった。ここで、紋三郎は養生をしていたのだ。

だが、なぜ、紋三郎は命の恩人である角兵衛を殺したのか。いや、紋三郎はもはや人間ではなくなっているのだ。ひとの情で量《はか》ることは無理だ。人間の皮をかぶった殺人鬼なのだ。

それにしても、角兵衛を殺したのには何らかの理由があるはずだ。それは何か。

紋三郎はおつたを連れてどこかへ移動したに違いない。

翌朝、出仕した剣一郎は内与力の長谷川四郎兵衛と宇野清左衛門、そして蒲原与五郎に、紋三郎の件を報告した。

「なぜ、一文屋を殺したのか」

蒲原与五郎が怯《おび》えたようにきいた。顔が青ざめている。

「わかりませぬ。おつたという女を奪うためだった可能性もあります」

なぜ、蒲原与五郎が怯えているのか。不思議に思いながら、剣一郎は答えた。

「うむ。確かに、一文屋を殺して女房を我が物にしたとも考えられるな」

宇野清左衛門が思案げに言う。

「で、今、紋三郎はおつたという女を人質に逃走しているのか」

長谷川四郎兵衛がいらだたしげにきいた。

「人質であるか、おつたの意志であるかはわかりませんが、ふたりがいっしょにいることは間違いないように思われます」

「今後、紋三郎は何をするつもりなのか」

長谷川四郎兵衛が怒ったようにきく。

「わかりません。が、私を狙っていることは間違いありません。いつか、向こうから接触してくるはずです」

「しかし、その間にも犠牲者が出たら何とする」

「紋三郎は殺人鬼ですが、むやみやたらにひとを殺しません。自分に利害のある者や誰かに頼まれた場合のみに襲うと思われますが……」

しかし、辻斬りのような無差別な殺人鬼に変身する可能性は否定出来ない。

「蒲原どの。顔色が悪いが、大事ないか」

宇野清左衛門が声をかけた。

「いや、だいじょうぶだ」

蒲原与五郎がぶすっとして答えた。

確かに、最前から元気がないように見受けられた。何かに思い悩んでいる。そんな感じがしてならない。

ひょっとして、紋三郎のことで何かを知っているのではないか。

まさか……。政吉のことで、剣一郎に訴え出たおつたの思い詰めた目を思い出した。

おつたは、ほんとうに政吉が好きだったようだ。その政吉を罪に陥れた連中を許せないと思っていたのだ。その連中に仕返しをしようとして、おつたが紋三郎に近づいたということはないか。もし、そうなら、次に狙われるのは……。

「ともかく、奉行所を挙げて、紋三郎の召し捕りに取り組むべきじゃ。こうなれば、隠れ売女の摘発は後回しだ。お奉行にも、知らせておく」

叱咤《しった》するように言い、長谷川四郎兵衛は立ち上がった。

長谷川四郎兵衛が出て行ったあと、蒲原与五郎もあわてて部屋を出て行った。

「青柳どの。何か思いつかれたのか。そんな顔つきであったが」

宇野清左衛門は剣一郎の顔色の変化に気づいたようだ。

「少し、確かめたいことがございます」

「よかろう。そなたは紋三郎の件に専念してくれ」

はっ、と頭を下げ、剣一郎は立ち上がった。

剣一郎は蒲原与五郎を探した。年番部屋にいない。以前のことを思い出し、剣一郎は庭に出て、同心詰所に向かった。

蒲原与五郎が引き上げて来る。

剣一郎の顔を見て、蒲原与五郎は立ち止まった。

「八島重太郎をお探しですか」

「そなたには関係ない」

「蒲原さま。紋三郎のことで何かお気づきになったのではありませぬか」

「何を申すのか」

蒲原与五郎はさっさと剣一郎の脇をすり抜けて行った。

剣一郎は同心詰所に顔を出した。

「八島重太郎は町廻りに出たのか」

詰所にいた同心にきく。

「いえ。きょうはまだ顔を出していません」

「なに、出仕していない？」

剣一郎はふと胸が騒いだ。

「青柳さま。何かございましたか」

ちょうど、そこに植村京之進がやって来た。

「八島重太郎を探している」

「岡っ引きの吉蔵も八島さんを探していました。朝、屋敷に行ったら、ゆうべ帰らなかったと言われたそうです」

剣一郎は胸騒ぎがして、

「手分けをして、八島を探すんだ。新見紋三郎に狙われているかもしれない」

詰所にいた同心たちは奉行所を飛び出した。

剣一郎は年番部屋にいる蒲原与五郎の前に行った。

「蒲原さま。八島重太郎はゆうべ屋敷に帰らなかったそうです。何か、思い当たることはございませぬか」

「わしが知るわけがない」

「蒲原さま。紋三郎が次に狙うのは八島重太郎かもしれません。そして、その次に」

「黙れ」

蒲原与五郎が頬を震《ふる》わせた。

「わしは何も知らん」

「よろしいですか。一文屋角兵衛の妻女のおつたが、紋三郎に殺しの依頼をしている可能性があります。おたま殺しの真偽はともかく、おつたは政吉の無実を信じ、政吉を陥《おとしい》れた者たちへ復讐しようとしている可能性があります」

「逆恨みだ」

「蒲原さま。よろしいですか。お屋敷との行き来には誰か護衛をつけるようにしてください。紋三郎は鬼神のごとき殺人鬼です。くれぐれも気をつけてくださるよう」

蒲原与五郎は震え上がった。

八島重太郎の行方がわかったのは午後になってからだった。

て死んでいた。

八丁堀の組屋敷の傍の、茅場町薬師裏手の雑草の中で頭から体を真っ二つに裂かれ

剣一郎が現場に立ったのは、それから四半刻（三十分）後だった。

筵《むしろ》をめくると、凄惨な亡骸《なきがら》が目に飛び込んだ。一文屋角兵衛とまったく同じ斬り口だった。


岡っ引きの吉蔵が死体を見つけたのだ。

剣一郎は吉蔵を薬師の境内に連れて行って訊ねた。

「おまえが見つけたそうだな」

「へえ。ゆうべ海賊橋の手前で旦那と別れたんです。ですから、橋とお屋敷の間の道を何度も行き来しているうちに見つけました。まさか、こんな場所で、こんな変わり果てた姿になっていようとは」

吉蔵は声を詰まらせた。

「吉蔵。これで一文屋角兵衛に続いてふたりだ。紋三郎の仕業だ」

「紋三郎……」

吉蔵は歯の根が合わないようだ。

「紋三郎は何のためにふたりを襲ったのかわかるか」

「いえ」

「とぼけるな。心当たりがあろう」

剣一郎は覚えず大声を張り上げた。

「次に狙われるのはおまえだ」

げっと、吉蔵がのけ反ってよろけた。

「紋三郎を操《あやつ》っているのは、おつただ。なぜ、おつたがそんな真似をするのか、わかっているな」

吉蔵が俯いた。

「おまえに手札を与えていた旦那はもういないんだ。ほんとうのことを言うのだ。おたまを殺したのは誰だ？」

「こうなりゃ、なにもかも喋ってさっぱりしやす」

観念したように、吉蔵は口を開いた。

「おたまを殺したのは政吉じゃありません。蒲原与五郎さまです」

「やはり、そうだったのか」

「じつは、あっしが八島の旦那といっしょに八丁堀まで帰って来たとき、蒲原さまとばったり出会ったんです。そのとき、蒲原さまは八島の旦那に話があると言い、ふたりでどこかへ行きました。その翌日です。おたまの死体が発見されたのは」

吉蔵はやりきれないように続ける。

「政吉を捕まえたものの、政吉の犯行とは思えない。それで、八島の旦那を問い詰めたのです。そしたら、八島の旦那も蒲原さまの犯行だと認めました。でも、そのあとで、八丁堀の与力がひとを殺したなどと世間に知れたら、奉行所の威信にかかわる。ここはどうしても真相を隠さねばならない。政吉には可哀そうだが、下手人になってもらうしかないと言ったのです」

「よく話してくれた。よいか、政吉の吟味の席で、そのことを申し立てよ。よいな」

「皆、喋ってしまっていいんですかえ」

「ほんとうのことはすべて話すのだ」

「わかりやした」

剣一郎は駆けつけてきた京之進に今の話をし、

「吉蔵は狙われないと思うが、用心して身の安全を図ってくれ」

「畏まりました」

吉蔵のことを京之進に託し、剣一郎は奉行所に戻った。

年番部屋に行ったが、蒲原与五郎の姿が見えなかった。

「蒲原さまは？」

近くにいた年番方の同心に訊ねた。

「はい。体調が優れぬということで早退けをされました」

「なに、早退け」

剣一郎の顔から血の気が引いた。

紋三郎の件ではない。まさか、明るいうちから襲いはしまいと思うからだ。

剣一郎の不安は蒲原与五郎が腹を切るかもしれないということだ。

そこに、宇野清左衛門が戻って来た。

「青柳どの。どうであった？　やはり、紋三郎の仕業か」

「間違いありませぬ。そのことですが」

と、剣一郎は声をひそめ、

「八島重太郎が手札を与えている吉蔵がすべてを話してくれました。このことを長谷川さまにもお話ししたほうがよかろうと思います」

「よし。都合を聞いて参る」

すぐに戻って来た宇野清左衛門について、内与力の座敷の隣の部屋に入った。

すでに、長谷川四郎兵衛のいらだったような顔が待っていた。

「なんだ、緊急事態とは？」

「先般、おたま殺しの容疑で捕まった政吉なる者の無実が明らかになりました」

「なんだと」

「いや。定町廻りの八島重太郎が強引に政吉を下手人に仕立てようとしたのであります。そのわけは……」

剣一郎の話を、長谷川四郎兵衛は口を半開きにして聞いていた。あまりにも衝撃的な内容だったからであろう。

「政吉の件は、お白洲で吉蔵の証言があれば無実の言い渡しが出来ます。問題は、真の下手人のことです」

うむっと長谷川四郎兵衛はさっきから唸《うな》っている。

「八島重太郎は、奉行所の威信を守るために、蒲原さまの罪をもみ消そうとし、なおかつ無実の人間に罪をなすりつけようとしたのです」

「なんたることを」

長谷川四郎兵衛は憤然とした。

「へたに隠し立てすることなく、真実はすべて公表すべきかと思いますが」

「こんなことがあっていいのか」

長谷川四郎兵衛は虚空に向かって叫んだ。

「長谷川さま。蒲原与五郎は紋三郎に狙われています。どうか、お屋敷に護衛を」

剣一郎は頼んだ。

「わかった。宇野どの。手配をお願いいたす。しかし、今後、どうしたらよいものか。蒲原どのを、どうしたらよいものか。ああ、これが世間に知れたら……」

長谷川四郎兵衛は苦しげに唸った。

「私はこれから蒲原さまのお屋敷に行ってきたいと思います。まさか早まった真似《まね》はしないと思いますが」

「うむ。頼んだ」

宇野清左衛門が縋《すが》るような目を向けた。

剣一郎は奉行所から八丁堀に急いだ。四半刻（三十分）もかからない。

蒲原与五郎の屋敷は剣一郎の所から一町（約一〇九メートル）ほど離れていた。

門を入り、玄関で案内を乞うと、蒲原与五郎の妻女の瑞枝が出て来た。目尻のつり上がった勝気そうな婦人だ。

「蒲原さまにお会いしたいのですが」

「少々、お待ちくだされ」

妻女はつんとすまして奥に向かった。

しばらくして戻って来た。

「今、お庭におります。どうぞ、お庭におまわりくだされ」

「わかりました」

剣一郎は玄関を出て、庭に向かう木戸を押した。

卯《う》の花が咲いている。手を後ろ手に組み、蒲原与五郎はその白い花を見ていた。

「どうした、わしが腹を切るとでも思ったか」

蒲原与五郎は寂《さび》しそうな笑みを向けた。

「恐れ入ります」

剣一郎は素直に頭を下げた。

「さっき伝右衛門を見舞って来た。意識を取り戻したが、言葉は明瞭さを欠き、顔色も悪い。だが、順調に回復に向かっているようだった」

いきなり、木下伝右衛門の話になった。

木下伝右衛門は蒲原与五郎の幼馴染みであった。

「伝右衛門は『菊もと』という料理屋をよく使っておった。わしは二度ほど、連れて行ってもらった。そこにいた仲居がおたまだ。わしは一目見て、おたまが気に入った。そのことを言うと、伝右衛門がそれなら妾にしろと勧めたのだ」

蒲原与五郎は事件のことを勝手に話し出した。

「最初は尻込みしたが、熱心に勧めてくれるので、わしもその気になった。あとは伝右衛門がすべてお膳立てしてくれた。奉行所の名を出すのが憚《はばか》られたので、わしはさる家中の留守居役の大浦亀之進と名乗った」

空がだんだん薄墨色に染まってきた。

「年甲斐もなく、わしはおたまに夢中になった。おたまもわしに甘えてくれた。半年近くたって、ついにわしはおたまにほんとうの名を名乗ったのだ」

まるで別人かと思うほど、蒲原与五郎は物静かに喋った。

「おたまに政吉という間夫がいたことを、わしはまったく知らなかった。おたまに夢中だったぶん、わしのいないときに政吉を家に引き入れていたことを知り、逆上してしまい、つい夢中でおたまの頸を絞めてしまったのだ。決して、殺すつもりではなかった。殺すつもりなら、斬り捨てていた」

寂しそうな蒲原与五郎の声だ。

「おたまが死んだと知り、わしはあわてて逃げた。根付が切れていたことに気づかなかった。途方にくれて、八丁堀に戻ったところで八島重太郎と出くわしたのだ」

その後のことは、岡っ引きの吉蔵の話と同じだった。

「八島重太郎がうまくやってくれて、政吉を下手人に仕立てた。申し訳ないと思ったが、わしはなんとしてでも助かりたかったのだ。だが、一文屋角兵衛が現れた」

蒲原与五郎は自嘲ぎみに笑い、

「角兵衛がこう申した。旦那の根付を拾った。口をつぐんでいる代わりに、金貸しの商売のことで便宜を図ってくれと威《おど》して来たのだ。わしは応じるしかなかった。そのうちに、そなたが動き出したという。邪魔な青痣与力を始末すると言い、角兵衛は新見紋三郎のことを話したのだ。しかし、青痣与力を殺ることになっていた紋三郎がどういうわけか、角兵衛を殺した。何か手違いがあったのだと思った。八島重太郎まで殺されたとなると、次はわしの番か」

「しばらくお屋敷から一歩も外にお出にならぬように。特に、日が暮れましたら」

「いや、わしのことはどうでもよい。新見紋三郎をなんとしてでも捕まえなければならぬ。そこでだ。わしが囮《おとり》になろうと思う」

「囮に？」

「そうだ。わしが町を歩き回り、紋三郎を誘き出す。そこで、紋三郎を取り押さえるのだ。あのような者を野放しにしておいてはならない」

「しかし……」

危険ではありませんかと言おうとしたが、蒲原与五郎は剣一郎の言葉を制し、

「わしが最後に出来るご奉公だ。頼む。やらせてくれ」

蒲原与五郎は死ぬつもりなのだと思った。

「それから、青柳どのにお願いがござる。奉行所の人間にあるまじき事件を引き起こした者が言える義理ではないことは百も承知だが、ぜひ、情けに縋《すが》りたい」

「なんでしょうか」

「嫁いでいる娘の子どもを養子にし、蒲原家の跡を継がせることが出来るようお願い出来ますまいか」

やはり、蒲原与五郎は覚悟を固めていたのだ。

「確かに、承りました」

「すまん」

蒲原与五郎は深々と頭を下げた。

「では、明日の夜からということで、今夜は奥様とごゆるりとお過ごしください」

剣一郎は蒲原与五郎に最期の時をあたえようとした。

「わかった。そうしよう。うちの奴とも、いろいろあったが、長い間尽くしてくれ

た。せめて、最後ぐらい感謝の気持ちを伝えてやろう」

蒲原与五郎はふと微笑んだ。


翌日の夜から、蒲原与五郎は頭巾もかぶらず、羽織に着流しの与力の姿で囮のための行動に出た。最初の日は神田から日本橋。次の日は蔵前、浅草まで行った。

そして囮に出てから三日目。蒲原与五郎が、きょう向かうのは深川である。少し、離れた場所から、編笠に着流しの恰好の剣一郎があとをつける。さらに、その剣一郎のあとを、距離をとって京之進らがつけていた。

京之進らの探索によると、おつたと紋三郎が橋を越えた可能性は低いということだ。それに、隠れ家のことを考えたら深川辺りのほうが潜伏しやすい。

蒲原与五郎はおたまの住んでいた場所である末広河岸を通り、永代橋に向かった。さすがに、末広河岸では立ち止まり、しばらく住まいのあった方角を見つめていた。おたまと楽しく過ごした頃のことを思い出しているのか、あるいは事件を懺悔《ざんげ》しているのか。

やっと、蒲原与五郎は歩き出した。

生暖かい風が永代橋に吹いていた。蒲原与五郎は橋の真ん中で立ち止まり、欄干に寄った。

川には船がたくさん出ている。蒲原与五郎は何をしているのだろうと思ったが、やがて剣一郎は理解した。

かつて、蒲原与五郎も舟遊びに興じたことがあったであろう。事実、与力の仲間で、屋根船に乗ったこともあった。

蒲原与五郎はこの夜の名残《なごり》に思い出を手繰《たぐ》っている。やはり、死ぬ気なのだと悟った。

再び、蒲原与五郎が歩き出した。剣一郎もつかず離れずついて行く。

職人体の男がすれ違い、遊び人ふうの男が蒲原与五郎を追い抜いて行った。

永代橋を渡り切った。橋の袂に夜鳴きそば屋が出ていた。蒲原与五郎は北に向かった。

夜鳴きそばの屋台の客が蒲原与五郎をじっと見送っている。剣一郎は足を緩めた。その客が勘定を払って立ち上がったのだ。遊び人ふうの男だ。

剣一郎の考え過ぎだったのか、客だった男は路地を曲がって行った。

しかし、剣一郎は背後にいる京之進を呼んだ。

「気になる。無駄骨を折るかもしれないが、今、そこの路地を曲がって行った遊び人ふうの男のあとを誰かにつけさせてくれ」

そう頼み、剣一郎は少し足早になって、蒲原与五郎のあとを追った。

ようやく、姿が見える位置までやって来た。

佐賀《さが》町を抜け、油堀の中ノ橋を渡る。蒲原与五郎に行く当てがあるわけではない。町角で立ち止まり、迷ってから再び歩き始める。

果たして、紋三郎は現れるだろうか。現れると、剣一郎は思っている。紋三郎は仮に囮だと悟っても、みすみす見逃すような男ではない。必ず、何らかの機会をとらえて、襲いかかって来るはずだ。

仙台堀に出た。上ノ橋を渡ると、蒲原与五郎は右に折れた。

やがて、伊勢崎《いせざき》町に差しかかる。提灯の明かりを川面に映して船が下って行く。

ふと、堀の向こう側に、遊び人ふうの男が歩いて行くのが見えた。おやっと思った。屋台の客だった男に似ている。

やはり、さっきの屋台で、蒲原与五郎が現れるのを待ち伏せていたものと思われた。

男は足早になり、海辺橋を渡り、蒲原与五郎の前に先回りした。

暗がりの中に、ふたりの姿が交錯したようだ。そして、男は来た道を戻った。蒲原与五郎は左に曲がり、堀から離れ、北に向かった。

剣一郎も足早になり、左に折れた。途中、武家屋敷を過ぎる。霊巌寺《れいがん》の前辺りに、蒲原与五郎の影が見えた。

その影が立ち止まったように思えた。剣一郎も足を緩めたが、蒲原与五郎の前に黒い影を見た。

(しまった)

剣一郎は駆けた。走りながら、鯉口を切った。

蒲原与五郎が真後ろに背中から倒れるのを見た。

剣一郎は叫んだ。

「蒲原さま」

蒲原与五郎が倒れた向こう側に紋三郎が立っていた。

「蒲原さま」

蒲原与五郎は顔を真っ二つに裂かれて絶命していた。

「新見紋三郎。よくも」

剣一郎は抜刀した。

「青痣与力、そなたとは一対一で勝負だ。明日の夜、十万坪に来い」

そう言うや否や、紋三郎は踵を返して闇の中に消えて行った。

そこに京之進たちが駆けつけて来た。

「あっ、蒲原さま」

京之進が叫んだ。

「無念だ」

剣一郎は呆然と呟いた。


自身番の者に手伝わせ、蒲原与五郎の亡骸を戸板に乗せ、船で八丁堀まで運んだ。

亡骸を妻女の瑞枝が迎えた。悲しみの様子など微塵もないように思えた。

座敷に安置された亡骸を前に、瑞枝が静かに語り出した。

「三日前の夜、夫は私にすべてを打ち明けてくれました。夫が若い女に現《うつつ》を抜かしたのも私がいたらなかったからかもしれません」

瑞枝の意外な言葉だった。

「蒲原さまは、娘御のお子を養子にして、蒲原家の跡を継がせたいと仰っておいででした。私もそうできるようにお力になります」

「青柳さま。ありがとうございます」

瑞枝の目尻に涙を見た。今まで、気丈に振る舞っていたのだ。

「失礼します」

立ち上がろうとした瑞枝に、

「どうぞ、そのままに。蒲原さまのお傍にいてあげてください」

と、声をかけた。

「申し訳ありません。では、ここで失礼させていただきます」

剣一郎は部屋を出た。

廊下を歩き始めたとき、部屋の中から嗚咽《おえつ》が聞こえた。堪えきれなくなって、悲しみがついに爆発したような慟哭《どうこく》だった。

六

翌朝、剣一郎は小石川にある小野田彦太郎の屋敷に向かった。

以前に一度、剣一郎は小野田家を訪ね、彦太郎に会っていた。そのとき、妻女は留守だった。まさか、その妻女が兄の許嫁だった、りくだとは想像さえもしなかった。

屋敷の前で、剣一郎は緊張した。りくは剣一郎を恨んでいる。その恨みは、二十年以上経った今も、まだ消えることはなかったようだ。

深呼吸をし、剣一郎は門を叩いた。留守であれば、また明日出直すつもりだった。

だが、小野田彦太郎は在宅していた。

剣一郎は若党らしき侍に案内されて客間に向かった。途中の部屋に、酒樽や鯛、昆布、するめ、そして小袖と帯などが所狭しと並べられていた。

結納の品々だ。なぜか、剣之助の悲しみがわかるような気がした。

目を背け、ふうと吐息をもらして、客間に入った。

落ち着いた佇《たたず》まいの庭が見える。

待つほどもなく、小野田彦太郎がやって来た。

「これは青柳どの。お久しぶりです」

そう言いながら、小野田彦太郎は目の前に腰を下ろした。もっと厳しい態度で剣一郎を迎えるかと思っていたので、剣一郎はかえって不気味に思った。

「突然、押しかけて申し訳ございません」

剣一郎は非礼を詫びた。

「いや、何の。いつか、お話がしたいと思っていたところです」

穏やかな目を向けて言う。

「このたびは伜剣之助がまことに無礼な真似に及んだこと、このとおりお詫び仕ります」

「いや、驚きました。まさか、あそこまでするとは」

小野田彦太郎は苦笑した。

「申し訳ございません」

「なあに、それは我が娘も同じこと」

「いいえ、剣之助が強引にお嬢さまを説き伏せたもの。悪いのは剣之助にございます」

剣一郎は詫びながら、りくが現れるのを待った。

「ご妻女もさぞかしお怒りのことでございましょう」

小野田彦太郎は、妻女が剣一郎の兄の元許嫁であったことは知らないであろう。だから、迂闊《うかつ》には喋れないと思った。

「おう、参った」

畳を擦る足音がし、やがて女が現れ、小野田彦太郎の脇に座った。

剣一郎は顔を上げた。

覚えず、吐息を漏らした。まぎれもない、りくであった。りんとした顔立ちは若いころとあまり変わらない。

亡き兄を思い出し、胸が締めつけられた。

「剣一郎どの。お久しぶりです」

剣一郎は覚えず、小野田彦太郎の顔を見た。

「青柳どの。お気を遣わずとも結構でございます。りくから話を聞いております」

「さようでございましたか」

剣一郎はりくが頭ごなしに文句を言ってくるだろうと覚悟をした。

だが、りくは静かな口調で、

「剣之助どのもご立派になられました」

「いや、なりはおとなでも周囲のことを考えず、まったくの向こう見ずでして」

りくの真意がわからず、剣一郎は用心深く答えた。

「お志乃どののご婚礼が間近と伺いました」

「はい。きょう、婚礼の支度もありますので、親戚の家から当屋敷に戻って参ります」

親戚の家で、志乃を監視させていたのであろう。

「剣一郎どののご用件をお伺いする前に、まず、私のほうのお話をお聞きくださりませぬか」

りくが有無を言わせぬように言った。

「どうぞ」

罵詈雑言《ばりぞうごん》を浴びせられるであろうと覚悟して、剣一郎はりくの顔を見た。脇で、小野田彦太郎も厳しい顔をしていた。


その日の夕方、剣之助は小石川伝通院《でんづういん》境内の鐘楼の前で中門のほうを見ていた。

およねからの知らせで、きょう志乃は婚礼の支度のために屋敷に戻ることになったという。

屋敷に戻り次第、お参りに行くと称して、志乃はおよねに連れられて外に出て来るということだった。

ようやく、中門に、志乃とおよねが現れた。やはり、傍に監視の侍がふたりついていた。脇田清十朗が寄越したものであろう。

志乃とおよねは本堂に向かった。

ふたりの侍は辺りに目を配っている。剣之助は鐘楼の前から離れ、参拝客に紛れて本堂に向かった。

そして、無言で志乃に近づく。

侍が不審な顔を向けた。いきなり、剣之助は足早になって志乃の傍に行った。あっと、監視の侍が声を上げた。

剣之助は志乃の手を摑むや、一目散に駆け出した。

「待て」

侍が追って来た。

たちまち追いつかれた。

剣之助は抜刀し、刀を峰に代えて、ふたりに飛び掛かった。素早い剣之助の攻撃にふたりの侍はあわてた。

剣之助はひとりの小手を打ち、もうひとりの胴を払ってから、刀を鞘に納めて、再び、志乃の手をとって走り出した。

伝通院の裏手の雑木林を抜けて、堀に出た。

そこに、春吉が船を用意して待っていた。

「志乃どの。だいじょうぶですか」

志乃の息が弾んでいた。

「はい」

志乃は力強い返事をした。

「もうだいじょうぶです。さあ、船に」

剣之助が志乃を船に導こうとしたとき、

「そうはさせぬ」

と、大きな声と共に、数人の侍が走って来た。

「あっ、脇田さま」

志乃が悲鳴を上げた。

「こんなことだろうと思って、用心していたのだ。青柳剣之助、よくも志乃どのに不《ふ》埒《らち》な真似を。許せぬ」

脇田清十朗は醜く顔を歪め、

「志乃どのをおまえなんかに渡さぬ。やれ」

脇田清十朗の声を合図に、侍たちが一斉に抜刀した。脇田清十朗の取り巻きの連中か。皆、二十代だ。おそらく、道場でいっしょなのだろう。

剣之助が恐れていたのは十万坪で襲ってきた不気味な剣士だったが、どうやら姿はなさそうだった。

「春吉さん。志乃どのを頼みました」

「へい」

春吉に志乃を任せ、剣之助は鯉口を切った。

「斬っても構わぬ」

脇田清十朗が怒鳴った。

すかさず、長身の侍が上段から斬り込んで来た。剣之助は下からすくい上げるようにして相手の剣を払い、返す刀で、相手の胴を襲った。

うっと呻いて、相手がうずくまった。

「おのれ」

背後から襲って来た剣を、剣之助は振り向きざまに払い、さらに踏み込んで相手の肩を斬った。

ふたりがのたうちまわっているのを見て、

「早く医者に連れて行ってやれ」

と、剣之助は怒鳴った。

「俺が相手だ」

ひとりだけ刀を抜かずに様子を見ていた大柄な侍が前に出て来た。鼻が大きく、唇も厚い。その厚い唇を歪めて、黄ばんだ歯を覗かせている。

一番年長のようだ。

相手はゆっくり刀を抜き、半身の姿勢で、下段から正眼に構えを移す。その剣尖は剣之助の臍《ほぞ》から喉まで一直線に移動した。小野派一刀流《おのはいっとう》か。今までの相手と技量に格段の差がある。

剣之助も正眼に構える。相手は静かに間合いを詰めてきた。

目の端に、他の侍が志乃のほうに向かうのが見えた。だが、剣之助は動けなかった。一瞬の隙を見せれば一刀両断の剣が襲いかかってくる。

志乃の悲鳴と春吉の怒鳴る声が聞こえた。

だが、剣之助は目の前の相手に神経を集中させなければならなかった。

「剣之助さま」

志乃の声に、剣之助は焦った。その心の乱れを見逃さず、相手が飛び上がるようにして上段から斬り込んで来た。

剣之助は足を踏み込み、剣を真横に掲げて相手の剣を受け止めるのが精一杯だった。

相手はぐっと力を入れて押し込んで来た。剣之助も渾身の力を込めて、押し返す。押し合いの動きが止まったとき、さっと両者は離れた。

再び、正眼に構えた。

志乃の悲鳴が聞こえた。脇田清十朗が志乃を抱えるようにして去って行くのが見えた。

「志乃どの」

剣之助が追おうとすると、相手の剣が動いた。

と、そのとき、いつどこから現れたのか、深編笠の浪人が志乃を取り囲んでいる者たちに躍り掛かっていった。

たちまち、何人かが腹や肩を押さえてうずくまった。

剣之助は改めて目の前の相手と対峙した。ゆっくり間合いを詰める。相手の剣尖はずっと剣之助の中心線から外れない。

剣之助は正眼から八相に構えを直し、間合いを詰める足の動きを止めた。

相手が間合いを詰めてくる。剣之助は斬り合いの間に入るのを待った。

さらに間合いが詰まった。斬り合いの間に入った刹那、剣之助は横に飛んだ。相手は虚を衝かれたのか、打ち込みに一拍の遅れが生じた。

それが、勝負の分かれ目だった。剣之助の横にないだ剣が相手の脾腹《ひばら》を襲っていた。だが、敵もさすがで、剣之助の剣を払った。

三たび、両者は離れた。

が、そこまでだった。相手の姿勢が揺れた。脾腹から血が滲《にじ》んだ。致命傷までいかなかったが、傷を与えていたのだ。

奇妙な悲鳴を上げて、脇田清十朗が逃げ出した。倒れていた者も、よろけながら逃げて行く。それを見て、相手は刀を引いた。

「いつか、もう一度」

相手はそう言い残し、腹を押さえて去って行った。

「剣之助さま」

志乃が飛んで来た。

「ご無事でしたか」

「はい。どなたかわかりませんが、編笠のご浪人さまが助けてくださいました」

その浪人の姿はもうここになかった。

「剣之助さん。あのお侍さま、青柳剣一郎さまのようでした」

春吉が言った。

「なに、父上ですと」

剣之助はすでに浪人の去った方角を見つめながら立ちすくんでいた。

その頃、剣一郎は編笠をかぶったまま、船上のひととなっていた。

船は神田川を下って、やがて隅田川に出ようとしていた。暮六つ（午後六時）の鐘が鳴り始めている。

昼間、りくから打ち明けられた話は意外な内容だった。

「まず、剣一郎どのにお詫びをいたさねばなりませぬ」

そう言ってから、りくは続けた。

「私が剣一郎どののことを悪しざまに剣之助どのに話したのは心からのことではありませぬ。以前、私が剣一郎どのに言ったのは錯乱していたゆえの言葉。誰も、剣一郎どのが自分の兄上を見殺しにしたなどとは思っておりませぬ」

「それは真でしょうか。では、なぜ、剣之助にあのようなことを」

「そのことは私からお話をいたします」

小野田彦太郎が口を開いた。

「脇田清右衛門さまは私の上役に当たります。その脇田さまから、ご子息清十朗どのと志乃の縁組の件を一方的に言われました。清十朗どのは道場の帰りに志乃を見掛けたそうにございます。

最初はありがたいお話と思いましたが、その後、清十朗どのが何かと問題の多いお方とわかりました。女中を手込めにして身籠もらせたり、他人のご妻女に手を出したりしたこともあったと聞いております。

そんな男が志乃の婿《むこ》になり、小野田家を継ぐなど承服出来ませぬ。私は脇田さまに縁組をお断わりしようと、別の上役に相談いたしました。だが、その上役は由々しきことを話されました。じつは清十朗どのは以前にも婿の話があったそうにございます。ところが、相手の家は断わった。すると、相手の家の当主はお役を解かれたそうにございます。もし、断わるなら、小普請組に落とされる覚悟で当たれと……」

小野田彦太郎は苦渋の色を見せて続けた。

「なれど、脇田家のほうでは、私どもの意向など一切無視し、勝手に媒酌人も決め、祝言の日も決めてしまいました。結納も済み、もう引き返せなくなったのです。そのことを知った剣之助どのが我が家にやって来たのです」

「私は、いっそ剣之助どのに志乃を奪って欲しいと思いました。ただ、剣之助どのに家を出る勇気があるかどうか。とくに、剣之助どのは剣一郎どのを父として尊敬しておりました。その父を裏切る真似が、いざというときに出来るか心配だったのです。それで、剣一郎どのへの幻想を打ち破ってやろうと、あのようなことを」

りくは申し訳なさそうに頭を下げた。

「もし、駆け落ちしたことで、剣之助どのが青柳家を勘当になったら、私どもの家に入れるつもりでした。いえ、もちろん、剣一郎どのが許されるのなら、志乃を青柳家に嫁にやるつもりでおります」

「そこまでお考えでございましたか。しかし、御当家には跡継ぎが……」

「幸い、私もあと十年以上は生きていけるでしょう。志乃には、お子を何人か産んでもらい、そのひとりを我が家へ養子にいただけたらと……」

風が出て来たのか、船が揺れている。

りくの思いを知り、長年の苦しみから解放された。あとで、りくが剣之助に話してくれるという。

剣之助と志乃は、女中のおよねの実家の酒田に向かうという。

脇田家との混乱が落ち着いたら、改めて酒田に使いを出すということであった。今頃は、剣之助と志乃は春吉の漕ぐ船で、春吉の働く船宿に向かっていることだろう。

隅田川から仙台堀に入ると、剣一郎は俄に身が引き締まった。いよいよ紋三郎との決闘が待ち受けているのだ。

剣一郎は目を閉じ、心を落ち着かせた。

「旦那。そろそろ十万坪ですぜ」

船頭の声に、剣一郎は目を開けた。

「どこか船を着ける場所があるか」

「もうすぐ行くと、小さな桟橋がありやす」

船はその桟橋に着いた。

船頭から提灯を借り、剣一郎は荒地に向かった。

だだっ広い荒れ野に風が唸り、音を上げて吹きすさぶ。草木が揺れて音を立てた。

人影が揺れた。ゆっくり近づいて来る。新見紋三郎だ。

剣一郎も歩を進めた。

風はさらに強さを増した。

剣一郎が立ち止まると、新見紋三郎も足を止めた。

「新見紋三郎。一文屋角兵衛に助けられた恩誼《おんぎ》はなかったのか」

「地獄から来た男に、そんなものは関係ない。ただ、頼まれたから殺ったのだ」

「おつたにか」

「そうだ。おつたは蒲原与五郎、八島重太郎のふたりも殺して欲しいと言った。おつたによって俺の中の男が蘇ったのだ。おつたにこそ恩はあれ、角兵衛にはない」

「さすが殺し屋だ」

「じつは、俺は自分が殺し屋だったという自覚はない。それどころか、自分が新見という名であることも思い出せない」

「なに?」

「俺は記憶を失っているのだ。ただ、おぬしだけは記憶がある。青痣与力を殺せという指示が、俺の頭のどこかから出ているのだ」

紋三郎は刀を抜いた。

「紋三郎。おぬしは一度は死んだ人間だ。改心して生まれ変わったのならともかく、昔のままで蘇ってはならなかったのだ」

剣一郎は鯉口を切った。

「蘇ったからこそ、こうしておぬしと刃を交えることが出来るのだ」

紋三郎は正眼に構えた。

剣一郎も抜刀し、正眼に構えた。

相変わらず、人形のように立っているだけだ。が、正眼に構えた剣が生き物のように剣一郎の目を狙っていた。

いったん死んで蘇った紋三郎の死生観が変わったのであろう。それゆえ、以前に増して凄味があるのだ。

間合いが徐々に詰まる。ふと風が収まった。

斬り合いの間に入った。その刹那、紋三郎は上段に構えを移し、真っ向から一刀両断で斬りかかってきた。

剣一郎も踏み込み、下からの剣を払った。続けざま、紋三郎が袈裟《けさ》懸けに来たのを剣一郎は上段から返した。

互いの剣は空を斬ったが、紋三郎はまたも袈裟懸けに斬りかかった。剣一郎も振り向きざまに相手の剣を払った。

休むことなく、紋三郎は跳躍して真っ向から剣を頭上目掛けて振り下ろした。剣一郎は腰を落とし、下から剣をすくい上げた。

白刃が火花を散らした。

再び、紋三郎は正眼に構えた。剣一郎は八相に構えを直した。斬り合いの間に入るや、紋三郎は凄まじい剣の動きで上段から斬り込んだ。剣一郎は横に飛び、そこから踏み込んで、相手の脾腹を狙った。さっき見た剣之助の戦法を学びとったのだ。

紋三郎の剣が空を斬ったものの、剣一郎の剣を身を翻《ひるがえ》し避けた。だが、剣一郎は思い切って相手に踏み込んだ。紋三郎も体勢を立て直して剣を振り下ろして来た。

下からすくい上げた剣一郎の剣のほうが一瞬早かった。剣一郎の剣が下から弧を描くと、剣を握ったままの紋三郎の腕が空を舞った。

舞い上がった紋三郎の腕が落ちてきたと同時に、紋三郎が崩れるように倒れ、やがて、苦しげにのたうちまわった。腕の付け根から血が噴き出していた。

このまま苦しみながら死ぬより、止めを刺してやったほうが本人のためだ。

苦悶の表情の紋三郎に近づき、

「紋三郎、楽になれ」

と、剣一郎が剣を紋三郎の胸に突き刺そうとした。

そのとき、女の声がした。

「待って。待ってください」

いつ来たのか、おつたが駆けつけて来た。

「おつた」

「お願いでございます。このお方の最期を看取らせてくださいませ。私の腕の中で死なせてやりたいのです」

「この男に情が移ったのか」

剣一郎は女心の不思議さを思いながら、

「政吉の疑いは晴れると言ったはず。それなのに、なぜ、蒲原与五郎や角兵衛らを殺させたのか。その必要はなかったのだ」

京之進の手先がゆうべの屋台にいた男を問い詰めたところ、湯島界隈《かいわい》の地回りで、おつたに頼まれて、蒲原与五郎をつけていたということだった。

「角兵衛たちの悪巧みが許せなかったのです。罪は素直に受けるつもりです」

「そなた……」

おつたの気持ちがわかって、剣一郎は声を呑んだ。

「あとで、役人を寄越す」

剣を鞘に納め、剣一郎は町の明かりがぽつんと灯る方角に歩き始めた。

しばらく行ったところで、小さな呻き声が聞こえた。

おつたが自害したことを悟った。慟哭のような風の唸りが聞こえた。


数日後。久しぶりの非番だった。

端午《たんご》の節句の武者人形や鎧《よろい》、兜《かぶと》などが飾られている前で、剣一郎と多恵は剣之助のことに思いをはせていた。

きのう、小野田彦太郎からの使いで、女中のおよねが酒田に旅立ったという知らせを受けた。

脇田家ともどうにか大きな揉め事に発展せずに済んだようだ。許嫁に逃げられたと騒げば脇田家の恥でもあるし、また数々の脇田清十朗の悪行が明らかになり、脇田家も押し黙らざるを得なかったようだ。

「それにしても剣之助め。大胆なことをしおって」

剣一郎はわざと苦虫を嚙み潰したような顔をした。

「志乃どのに早くお会いしとうございますわ」

多恵が笑った。

「うむ。剣之助が命懸けで恋した女だからな」

先日、りくから言われた言葉を思い出した。

ほんとうに剣之助どのはあの方にそっくり。姿形もそうですが、一途なところまで。そう言ったあとで、りくが呟いた言葉は剣一郎の胸に残った。

実らなかった私たちの夢を、剣之助どのと志乃が叶えてくれるなんて……。

兄の生まれ変わりのような剣之助がりくの娘と夫婦になる。不思議な巡り合わせを感じた。

政吉は晴れて無罪となり、『菊もと』で再び板前として修業をしなおすことになったという。

紋三郎とおつたの亡骸は千住回向院《せんじゅえこういん》なる小塚原《こつかつぱら》に埋葬された。

すべて片づいた、と思ったが、もう一つ残っていることがあった。先日、宇野清左衛門から頼まれたことだ。

「例の隠れ売女の取締りの件だ。すまぬが、蒲原どのや八島重太郎がいなくなった今、青柳どのにお願いしたい」

どうも、奉行所の中にも、通い売女の客がいるようだ。そのことを思うと頭が痛い。

「おや、どうかなさいましたか」

「うむ?」

「なんだか、とても辛そうな顔をしていました」

「いや。なんでもない」

剣一郎は立ち上がって濡れ縁に出た。

「ああ、きょうもいい天気だ」

「ほんとうに」

多恵も立って来た。

「こんな日は剣之助と釣りに行きたかったな」

剣之助、早く帰って来い。

青空を見つめながら、剣一郎は大きくため息をついた。

一〇〇字書評

待伏せ

切り取り線

購買動機（新聞、雑誌名を記入するか、あるいは○をつけてください）	
□（　　　　　　　　　　　）の広告を見て	
□（　　　　　　　　　　　）の書評を見て	
□ 知人のすすめで	□ タイトルに惹かれて
□ カバーが良かったから	□ 内容が面白そうだから
□ 好きな作家だから	□ 好きな分野の本だから

・最近、最も感銘を受けた作品名をお書き下さい

・あなたのお好きな作家名をお書き下さい

・その他、ご要望がありましたらお書き下さい

住所	〒				
氏名		職業		年齢	
Eメール	※携帯には配信できません	新刊情報等のメール配信を 希望する・しない			

この本の感想を、編集部までお寄せいただけたらありがたく存じます。今後の企画の参考にさせていただきます。Eメールでも結構です。

いただいた「一〇〇字書評」は、新聞・雑誌等に紹介させていただくことがあります。その場合はお礼として特製図書カードを差し上げます。

前ページの原稿用紙に書評をお書きの上、切り取り、左記までお送り下さい。宛先の住所は不要です。

なお、ご記入いただいたお名前、ご住所等は、書評紹介の事前了解、謝礼のお届けのためだけに利用し、そのほかの目的のために利用することはありません。

〒一〇一－八七〇一
祥伝社文庫編集長　坂口芳和
電話　〇三（三二六五）二〇八〇

祥伝社ホームページの「ブックレビュー」からも、書き込めます。
http://www.shodensha.co.jp/bookreview/

祥伝社文庫

待《まち》伏《ぶ》せ　風烈廻《ふうれつまわ》り与力《よりき》・青柳剣一郎《あおやぎけんいちろう》

平成20年4月20日　初版第1刷発行
平成27年8月25日　　　第5刷発行

著　者　小杉健治《こすぎけんじ》
発行者　竹内和芳
発行所　祥伝社《しょうでんしゃ》
東京都千代田区神田神保町3-3
〒101-8701
電話　03（3265）2081（販売部）
電話　03（3265）2080（編集部）
電話　03（3265）3622（業務部）
http://www.shodensha.co.jp/

印刷所　堀内印刷
製本所　ナショナル製本

Printed in Japan ©2008, Kenji Kosugi　ISBN978-4-396-33422-2 C0193

祥伝社文庫の好評既刊

小杉健治

白頭巾　月華の剣

新心流居合の達人・磯村伝八郎と、義賊「白頭巾」の顔を持つ素浪人・隼新三郎の宿命の対決！

小杉健治

翁面《おきなめん》の刺客《しかく》

江戸中を追われる新三郎に、翁の能面を被る謎の刺客が迫る！市井の人々の情愛を活写した傑作時代小説。

小杉健治

二十六夜待

過去に疵《きず》のある男と岡っ引きの相克、情と怨讐。縄田一男氏激賞の著者ならではの、〝泣ける〟捕物帳。

小杉健治

夜烏《よがらす》殺し　風烈廻り与力・青柳剣一郎⑥

冷酷無比の大盗賊・夜烏の十兵衛が、青柳剣一郎への復讐のため、江戸に戻ってきた。犯行予告の刻限が迫る！

小杉健治

女形《おやま》殺し　風烈廻り与力・青柳剣一郎⑦

「おとっつあんは無実なんです」父の斬首刑は執行され、さらに兄にまで濡れ衣が…真相究明に剣一郎が奔走する！

小杉健治

目付殺し　風烈廻り与力・青柳剣一郎⑧

腕のたつ目付を屠った凄腕の殺し屋を追う、剣一郎配下の同心とその父の執念！　情と剣とで悪を断つ！

祥伝社文庫の好評既刊

小杉健治
闇太夫《やみだゆう》
風烈廻り与力・青柳剣一郎⑨
百年前の明暦大火に匹敵する災厄が起こる？　誰かが途轍もないことを目論んでいる…危うし、八百八町！

小杉健治
待伏せ
風烈廻り与力・青柳剣一郎⑩
絶体絶命、江戸中を恐怖に陥れた殺し屋で、かつて風烈廻り与力青柳剣一郎が取り逃がした男との因縁の対決を描く！

小杉健治
まやかし
風烈廻り与力・青柳剣一郎⑪
市中に跋扈《ばっこ》する非道な押込み。探索命令を受けた青柳剣一郎が、盗賊団に利用された侍と結んだ約束とは？

小杉健治
子隠し舟
風烈廻り与力・青柳剣一郎⑫
江戸で頻発する子どもの拐かし。犯人捕縛へ〝三河万歳〟の太夫に目をつけた青柳剣一郎にも魔手が……。

小杉健治
追われ者
風烈廻り与力・青柳剣一郎⑬
ただ、〝生き延びる〟ため、非道な所業を繰り返す男とは？　追いつめる剣一郎の執念と執念がぶつかり合う。

小杉健治
詫び状
風烈廻り与力・青柳剣一郎⑭
押し込みに御家人飯尾吉太郎の関与を疑う剣一郎。そんな中、倅の剣之助から文が届いて…。

祥伝社文庫の好評既刊

小杉健治

向島心中 風烈廻り与力・青柳剣一郎⑮

剣一郎の命を受け、伜・剣之助は鶴岡へ。哀しい男女の末路に秘められた、驚くべき陰謀とは？

小杉健治

袈裟《けさ》斬り 風烈廻り与力・青柳剣一郎⑯

立て籠《こ》もった男を袈裟懸《けさが》けに斬り捨てた謎の旗本。一躍有名になったその男の正体を、剣一郎が暴く！

小杉健治

仇返《あだがえ》し 風烈廻り与力・青柳剣一郎⑰

付け火の真相を追う剣一郎と、二年ぶりに江戸に帰還する伜《せがれ》・剣之助。それぞれに迫る危機！　最高潮の第十七弾。

小杉健治

春嵐《しゅんらん》（上） 風烈廻り与力・青柳剣一郎⑱

不可解な無礼討ち事件をきっかけに連鎖する事件。剣一郎は、与力の矜持《きょうじ》と正義を賭け、黒幕の正体を炙《あぶ》り出す！

小杉健治

春嵐（下） 風烈廻り与力・青柳剣一郎⑲

事件は福井藩の陰謀を孕《はら》み、南町奉行所をも揺るがす一大事に！　巨悪に立ち向かう剣一郎の裁きやいかに？

小杉健治

夏炎《かえん》 風烈廻り与力・青柳剣一郎⑳

残暑の中、市中で起こった大火。その影には弱き者たちを陥《おとし》れんとする悪人の思惑が…。剣一郎、執念の探索行！